SV

Louis Begley

Wie Max es sah

Roman

Aus dem Amerikanischen
von Christa Krüger

Suhrkamp Verlag

Die Originalausgabe
erschien unter dem Titel *As Max Saw It*
1994 bei Alfred A. Knopf, New York

Erste Auflage 1995
© der deutschsprachigen Ausgabe
Suhrkamp Verlag Frankfurt am Main 1995
Alle Rechte vorbehalten
© Louis Begley 1994
Druck: Pößneck GmbH, Pößneck
Printed in Germany

To strike his living hi and ho,
To tick it, tock it, turn it true...

Wallace Stevens
»The Man with the Blue Guitar«

I

LA RUMOROSA hieß die Joyce-Villa auf der Land-
zunge bei Bellagio, dort, wo der Comer See sich in
zwei lange Zipfel teilt, die aussehen wie Harlekins-
hosen, blau und grün, goldgesprenkelt und glit-
zernd; sie war eine jener Stätten, an denen sich irgendwann früher oder später jeder einmal eine
Weile aufhielt. Als ich an die Reihe kam, reagierte
ich mit gemischten Gefühlen, halb dankbar, halb
resigniert. In letzter Zeit war es immer dasselbe: Bekam ich eine Einladung in vornehme Häuser oder
zu eleganten Mittag- und Abendessen, war ich nur
als Begleiter willkommen. Die Gastgeberin hatte
einem echten Gast und guten Freund freigestellt,
mich mitzubringen. Bei mir hielten sich Freund-
schaftsbeziehungen nicht. Dies, obwohl Edna mich
eigentlich ganz gut gekannt hatte — sie und ihre
beste Freundin Janie waren die spektakulärsten
Erscheinungen einer neuen Spezies von Radcliff-
Studentinnen, die im Herbst meines letzten Collegejahres wunderbarerweise ausgerechnet aus dem Mittelwesten aufgetaucht waren. Diese jungen Damen
waren alle offensichtlich reich, schlank und so un-
widerstehlich wohlgeformt unter ihren farblich fein
auf die Schattierung des Lippenstiftes abgestimm-
ten Angorapullovern, daß ich mich gegen alle Regeln der Vernunft (ich hatte gerade mit einer Dok-

torandin, die viel bescheidener aussah, aber sexy und sommersprossig war, eine Affäre angefangen, die noch bis zu den Osterferien des Jahres dauerte, in dem diese Geschichte beginnt, und außerdem war ich sowieso nicht deren Typ) bemüßigt fühlte, einen Annäherungsversuch zu starten, zuerst bei Edna und danach bei Janie –, obwohl sie mich also noch kennen mußte, hatte sie mir weder durch einen Brief noch telefonisch zu verstehen gegeben, daß sie mein Kommen erwartete. Statt dessen wurden Arthur und ich von einem schlecht rasierten Mann in gestreifter, mit Messingknöpfen verzierter Weste durch das Anwesen geführt: Als wir Edna endlich auf der nach Osten gelegenen, durch den Schatten des Hauses vor der Nachmittagssonne geschützten Terrasse der Villa fanden, empfing sie mich allerdings so begeistert mit spitzen Schreien und Koseworten – abwechselnd war ich ihr *bébé* und ihr lieber alter *beau* –, daß ich einen Moment lang fast hätte glauben mögen, wenn ich es nicht besser gewußt hätte, sie sei selbst auf die Idee gekommen, mich einzuladen. Die Terrasse war rechts und links eingerahmt von abgezirkelt bepflanzten Blumenbeeten. Direkt unterhalb, am Ende einer weißen, von Marmorstatuen und Bänken gesäumten Allee, lag der berühmte Irrgarten aus blühenden Lorbeerhecken, dessen Symmetrie sogar von unserem günstigen Aussichtspunkt aus rätselhaft und undurchschaubar blieb. Die Gäste, die sich kaffeetrinkend und rauchend auf Sessel, Puffs und Liegestühle verteilt hatten, waren genausowenig zu durchschauen. Arthur kannte sie alle und stellte mich vor, mal als seinen, mal als Ednas Freund. Für mich sahen sie alle gleich aus: tiefgebräunte Gestalten in weißer Baumwolle oder Seide, an den Füßen Sandalen, die ein einziger wohlgeformter Zeh lässig in der Schwebe hielt, oder Halbschuhe, ebenfalls weiß, mit dem auf Metallschildchen eingravierten Markenzeichen des Herstellers.

Ich entdeckte Charlie Swan – seine massige Statur und die krausen, sehr kurz geschnittenen Locken, die an einen Römerkopf erinnerten, machten ihn unverwechselbar –, und zu meiner Erleichterung erkannte auch er mich sofort. Er genoß Ansehen als sehr guter Ruderer im Einer und begabter Martini-Mixer, war mein Jahrgang im College, obwohl gut vier Jahre älter, und hatte damals – das wußte ich sehr genau – als der Glückliche gegolten, den Janie erhört und mindestens bis zu ihrem Examen als ständigen Begleiter behalten hatte – obwohl er und ich schon am Ende ihres ersten Collegejahres unseren Abschluß machten. Er konnte seine Rolle bei Janie so lange spielen, weil er nach der Collegezeit in Cambridge blieb, um Architektur zu studieren, während die meisten von uns ihren Militärdienst begannen. Er hatte seinen Dienst schon vor dem College absolviert, in Korea. Was später zwischen den beiden vorfiel, erfuhr ich nicht, hatte aber gehört, daß Janie nach einer Ehe mit einem Börsenmakler erneut geheiratet hatte, und danach wohl noch ein drittes Mal. Und daß sie in Chicago wohnte. Charlie hatte ebenfalls geheiratet, eine Frau, die ich auf einer der Parties im Anschluß an seine Verlobung flüchtig gesehen und womöglich noch einmal bei einem Ehemaligentreffen wieder getroffen hatte, deren Bild aber, soweit ich es erinnern konnte, zu keiner der Frauen auf der Terrasse passen wollte. Zur Berühmtheit hatte auch er es gebracht, und zwar weit mehr als irgendein anderer aus unserem Jahrgang, glaube ich. In Hamburg trug ein ganzes Altstadtsanierungsprojekt am Wasser seinen Namen, was wegen der Assoziationen mit dem nassen Element besonders hübsch war. Er zeichnete verantwortlich für den gelungensten neuen Wolkenkratzer im Zentrum von Houston. Villen am Strand, die er entworfen hatte, wurden regelmäßig in *Vogue* abgebildet, wenn dort Artikel über Leben und Wohnen der Millionäre in Hampton erschienen.

Aber Rodney Joyce kannte ich nicht, also war es an der Zeit, mich vorzustellen. Edna führte mich zu ihm: Das ist Max, mein verlorenes Söhnchen.

Ihr Ehemann inspizierte mich mit deutlichem Wohlwollen.

Ich fahre nach Torno hinunter, kündigte er an, kurz nach fünf, wenn die Läden wieder öffnen, ich muß ein Ersatzteil für das Motorboot abholen.

Und während er mir noch die Hand schüttelte, hielt er mich am linken Ellenbogen fest und sagte, wie um zu beweisen, daß er wisse, wer ich sei: Relikte aus Ednas Vergangenheit interessieren mich. Sie ist eine begeisterte Sammlerin! Wollen Sie nicht mitkommen ins Dorf? Sie haben genug Zeit zum Schwimmen dort, wenn Sie das möchten. Im Pool oder im See, vom Bootshaus aus.

Er fuhr den schweren Wagen mit gekonnter Indolenz – Hupen, Lichtsignale und Fahrer, die auf der zweispurigen Straße rasch hinter uns auftauchten, ließen ihn kalt. Er nannte mir Sehenswürdigkeiten, die ich mir ansehen sollte, zum Beispiel die Villa Serbelloni der Rockefeller-Stiftung ganz in der Nähe, die einen Besuch wert sei, und unterhielt mich mit Geschichten aus der Gegend hier. Kein Problem: Der Direktor der Villa würde sich gewiß freuen, einen Akademiker-Kollegen zu sehen. Edna und er könnten ihn vielleicht zu einem gemeinsamen Essen überreden. Die Rumorosa gehöre ihnen schon seit über zehn Jahren; Edna habe das Haus gekauft – von ihrem eigenen Geld; ihm lag daran, das zu betonen. Es sei nämlich ihre Idee gewesen – ungefähr ein Jahr, nachdem er seinen Dienst im Auswärtigen Amt quittiert habe.
Zuletzt sei er in Paris tätig gewesen – als politischer Berater. Sie hätten sich entschlossen, nach seiner Pensionierung dort zu bleiben, und wohnten noch immer im selben Appartement, im Faubourg Saint-Honoré, nichts Besonderes, aber günstig gelegen und sehr ruhig: Weil alle Fenster zur Gartenseite gingen, herrsche dort geradezu Grabesstille. Da sie

in Paris lebten und, Rodneys Position wegen, häufiges Reisen gewohnt seien, liege Norditalien natürlich vor ihrer Haustür. Sie hätten übrigens immer wieder Einladungen zu Seminaren im Rockefellerinstitut bekommen. Am anderen Seeufer liege die kleinere, aber unvergleichlich schönere Privatvilla unserer gemeinsamen New Yorker Bekannten – hier brachte er den einen oder anderen typischen Witz über diese Leute an –, sie kennten das Haus gut, sie seien dort schon Gäste wie auch Mieter gewesen.

Bei einem ihrer Aufenthalte seien sie zufällig mit einer Gondel übers Wasser zu einem Essen in die Rumorosa gefahren und hätten entdeckt, daß diese Villa das schönste Anwesen am See und überhaupt das entzückendste Haus war, das ihnen je unter die Augen gekommen sei. Als dann der Ognissanti-Skandal öffentlich wurde, habe Edna noch in derselben Woche Telefonkontakt mit den Mailänder Anwälten der Familie aufgenommen. Sie habe das Gefühl gehabt, man müsse schleunigst zu Bargeld kommen, und ihr Gefühl habe nicht getrogen. Sie habe die Villa mitsamt der Einrichtung kaufen können, alles inklusive, vom Tischtuch bis zum Boot, dessen Motor gerade den Geist aufgegeben hatte. Und die Dienstboten seien alle geblieben, offenbar ganz zufrieden, denn bis jetzt habe keiner gekündigt.

Arthurs Bemerkungen und sein Klatsch über die Joyces, den ich mitbekommen hatte, als wir auf dem Weg zur Rumorosa in anderen Häusern Station gemacht hatten, reichten aus, die flüchtige Skizze Rodneys mit Farbe zu beleben. Der letzte Posten in der Botschaft, genaugenommen alle Beschäftigungen Rodneys, seit er nach dem Krieg zur Zusammenarbeit mit den Marshallplan-Leuten in Paris angekommen war, hatten mehr mit dem CIA zu tun gehabt als mit konventioneller Diplomatie. Was immer seine wirkliche Aufgabe sein mochte, er brachte in jeder Hinsicht seine Eignungen dafür mit: hohe Kriegsauszeichnungen, freundschaftliche Beziehungen zu den richtigen ehemaligen Mitstudenten in Yale, Begabung für europäische Sprachen und ein unauffälliges, aber beträchtliches Privatvermögen, um das er sich überhaupt nicht kümmern mußte. Es stammte aus Fabrikanlagen, die im Raum Akron/Ohio lagen, und wurde treuhänderisch verwaltet. Seine Ehe mit Edna war nicht so sehr ein Zufallsereignis wie die meisten Ehen auch damals schon. Edna stammte aus demselben Vorort von Akron wie er; ihre Familie war mit den alten Joyces befreundet. Schon als kleines Mädchen hatte sie sich klargemacht, daß Rodney ihr Märchenprinz war. Die Kehrseite der Medaille war die Beschränktheit seines für seine Arbeit vollkommen ausreichenden Verstandes. Weit kam er damit nicht; zur grauen Eminenz, zum stellvertretenden Vorsitzenden zum Beispiel, konnte er es nicht bringen. Er durfte nicht einmal auf eine Position im Weißen Haus oder dessen Sicherheitsbehörde hoffen, die seiner gesellschaftlichen Stellung entsprochen hätte. Daher rührte seine zunehmende Trägheit – mit Sicherheit noch gefördert durch das kinderlose, gesellige Luxusleben, das Edna und er führten – und auch sein früher Ruhestand.

Das Ersatzteil für den Motor war zum Abholen bereit. Rodney inspizierte es mit Sachkenntnis; dann fiel ihm ein, daß er auch Firnis und Stahlwolle brauchte. Wir sahen uns einen Bombard an. Rodney fand das Boot zu groß; der Besitzer der Bootswerft wollte sich in Como erkundigen, ob und zu welchem Preis dort ein Dinghi oder etwas Vergleichbares zu haben sei. Danach hielt Rodney die Zeit für einen Apéritif im Café am Marktplatz für gekommen.

Was ist eigentlich mit Charlie? fragte ich. Ist seine Frau – ihr Name liegt mir auf der Zunge –, ist sie auch hier?

Das ist lange vorbei. Charlie hat jetzt andere Eisen im Feuer. Sie werden schon sehen.

Damit war unsere zweite Runde Punt e Mes beendet, und wir stiegen in Rodneys Citroën. Und Sie? fragte er. Ich weiß nur, daß im College jeder vor Ihnen Angst hatte, weil Sie alle Antworten wußten, und daß Sie Juraprofessor geworden sind!

Es zeigte sich, daß er geschickt fragen konnte. War das genuines Interesse, oder hatte er das seinem Beruf zu verdanken? Ich war mir unsicher. Aber als wir in gemessener Fahrt der Rumorosa entgegenrollten und Rodney sich genüßlich in das Lederpolster seines Sitzes lehnte, erzählte ich ihm, wie ich nach dem College – wobei ich bestimmt niemandem Angst eingejagt hätte, schon gar nicht Edna und ihren brillanten Freundinnen – und nach einem Militärdienst ohne Krieg an die Law School in Cambridge zurückgekehrt war. Eins hatte sich danach aus dem anderen ergeben: gute Examensnoten brachten mich zur *Review*; als die guten Noten sogar nach dieser Auszeichnung weiter anhielten, bedachten mich zwei der Zelebritäten, die meine Lehrer waren, mit außerordentlich starkem Wohlwollen; ihre Gunst führte zu Assistenzen an den richtigen Gerichtshöfen, und von dort war es nur ein kleiner Sprung zur ersten Stelle als Nachwuchswissenschaftler, aus der sich dann ziemlich schnell meine jetzige Position entwickelte.

Was lehren Sie eigentlich genau?

Vertragsrecht – und ein wenig Rechtsgeschichte. Ich interessiere mich eben für Vertragsbindungen.

Dann fügte ich noch hinzu, vielleicht weil ich ihn sonst zu langweilen fürchtete: Daß mir die Achtung vor dem Reichwerden fehlt, war von Anfang an eine große Hilfe für mich – wenn Sie so etwas »Hilfe« nennen wollen. Jedenfalls wissen Sie jetzt, wie ich in meine marginale Existenzform gerutscht bin.

Sie sind aber doch ein Freund von Arthur, wie können Sie da das Wort »marginal« benutzen! Woher kennen Sie ihn eigentlich? Mit Harvard hat er ja nichts zu tun.

Ich erklärte: Er ist ziemlich oft in Cambridge, weil

er in eine High-Tech-Firma an der Route 128 Geld investiert hat. Und diese Firma hat Kontakte zur Business School. Bei einer Essenseinladung im Haus eines Kollegen bin ich ihm begegnet, da haben wir uns lange unterhalten. Später kam er dann zum Essen zu mir und der Frau, mit der ich damals zusammenlebte. Ich habe ihn den interessanteren unserer führenden Brahmanen vorgestellt – auf seinen ausdrücklichen Wunsch hin. Er kam sehr gut an, und wir wurden Freunde. Jetzt bin ich auf ihn angewiesen, wenn ich Ferien machen möchte.

Keine schlechte Wahl!

Ich stimmte ihm zu und redete weiter.

In jener Nacht hörte ich in meinem Zimmer im Radio Nixons Rücktrittserklärung. Die RAI-Übersetzung übertönte seine Stimme, deshalb war er kaum zu verstehen. Ich hatte auf diesen Augenblick lange gewartet, aber die Zufriedenheit, die ich mir von der Blamage des Ungeheuers erhofft hatte, wollte sich nicht recht einstellen. Ob er sich wohl schämte, während er seine vollkommen nichtssagenden, nichts erklärenden Worte machte? Mit mir war ich allerdings auch nicht zufrieden. Warum hatte ich so ausführlich und genau, beinahe schon beflissen auf Rodneys Fragen geantwortet? Es ging ihn doch gar nichts an, nach wie vielen Jahren unserer sorgsam geteilten Existenz Kate sich entschieden hatte, mich zugunsten eines neuernannten Slawisten-Kollegen zu verlassen.

Vermutlich hatte Rodney gar nicht mehr zugehört, als ich an diesem Punkt meiner Erzählung angekommen war; deshalb war es eher unwahrscheinlich, daß er meine Elegie auf die Nachmittage in der Widener-Bibliothek und die Abende im Restaurant Cronin ausplaudern würde, um Edna zu unterhalten. Außerdem wäre ich selbst nur zu gern bereit gewesen, beim ersten Anzeichen von Neugier ihrerseits alles zu wiederholen und ohne Scheu auch die schmutzigeren Einzelheiten der Geschichte zum besten zu geben. Zum Beispiel meine Verbitterung darüber, daß Kates Haus auf der Wiese oberhalb von White River Junction in Vermont mir nicht mehr zugänglich war, so daß ich in den Sommerferien das Leben eines Nomaden führen mußte, ohne Herd und Heim. Oder ihren kleinen Sieg, als ich ihr mein weißes Käfer-Kabrio mit dem nagelneuen Verdeck überschreiben mußte, weil sie mir mit dem unwiderleglichen Argument kam, daß sie den Wagen für den Weg zwischen Cambridge und Vermont brauchte, den ich nun nicht mehr machen müsse; und meinen größeren Sieg, als ich das Appartement in der Sparks Street behielt. Nixon und Max – was für ein Team! Wenn Edna unbedingt mehr wissen wollte, würde ich ihr sogar erzählen, was mich an der ganzen Geschichte am meisten wurmte: die gewisse Herabsetzung, die in der Rolle des Verlassenen liegt, und die Unannehmlichkeiten damit. Kates Haut bekam mehr und mehr Falten; sie rauchte zuviel, und ihr Ton war schrill geworden. Es war denkbar, daß ich mich mit der Zeit verbessern konnte.

Die Joyces waren gewissenhafte Gastgeber. Sie hatten für den nächsten Morgen eine gemeinsame Fahrt nach Como organisiert: Der Dom und vor allem die Kirche Sant' Abbondio, die ihnen noch bedeutender vorkam, sollten besichtigt werden. Als ich, zermürbt von einer schlaflosen Nacht, zur Auffahrt hinunterkam, hatte der erste Meinungsaustausch über den Zusammenbruch der Nixon-Ära offenbar schon stattgefunden. Arthur, der zugab, er bewundere Nixon und Kissinger, weil sie solche Scheißkerle seien, hatte schon in Ednas Zweisitzer Platz genommen und sich mit ihr ein dankbares Publikum aus dem Mittelwesten gesichert. Ich winkte Charlie zu, er winkte zurück und setzte sich auf den letzten freien Platz in einem Auto, das anscheinend einer rothaarigen Frau in einem khakifarbenen Overall gehörte, Italienerin nach meiner Einschätzung. Rodney hatte sich wohl schon auf den Weg gemacht; jedenfalls war er nicht mehr da, um den ständig schrumpfenden Rest der Gäste auf Autos zu verteilen. Ob ich den Fiat holen sollte, den Arthur und ich in Mailand am Flughafen gemietet hatten? Ich konnte sehen, daß in einigen Wagen noch Plätze waren, aber woher sollte ich wissen, ob sie nicht freigehalten wurden? Ich spürte, wie sich in mir die altbekannte Mischung aus Verlegenheit und Ärger breitmachen wollte – wie auf einem Empfang, wenn man mit Teller in der einen und Glas in der anderen Hand am Buffet in einem Raum steht, in dem alle anderen sich vorher einen Sitzplatz am Tisch ergattert haben, so daß man nur die Wahl hat, sich entweder allein irgendwo niederzulassen, zum Beispiel neben dem Telefon, oder einen Stuhl an einen vollbesetzten Tisch zu rücken und zu hoffen, daß die fröhliche Runde von Essern, die dort zusammensitzen und aneinander Gefallen gefunden haben, den verlegenen Fremden noch aufnimmt. Ich überlegte mir, ob ich diesen einen Ausflug schwänzen wollte. Übertrieben gestikulierend schlug ich mir mit der Hand gegen die Stirn, als ob mir ganz plötzlich etwas Wichtiges eingefallen wäre, und lief zurück ins Haus.

Das Schwimmbecken liege auf der anderen Seite des Irrgartens, hatte man mir gesagt. Ich suchte mir meinen Weg dorthin durch Wolken von schwerem Duft, den bunte Rabatten und reichblühende Büsche verströmten. Das Becken war oval, hatte eine Einfassung aus weißem Marmor – ein anderes Material kam für die Rumorosa nicht in Frage – und war in weitem Kreis von hohen Zypressen umgeben. Am Beckenrand saß jemand, die Beine im Wasser, das Gesicht konzentriert über ein Backgammonbrett gebeugt: ein Geschöpf von so atemberaubender, vollkommener Schönheit, daß ich meinte, es sei ein Mädchen – beim Essen am Abend zuvor hatte ich es nicht gesehen, vielleicht, weil es zu jung oder eine Hausangestellte war –, das die ru-

hige Stunde im Garten zu einem Sonnenbad ohne
Bikini-Oberteil nutzte. Als ich mich dem Becken nä-
herte und die Gestalt spürte, daß jemand kam, sich
deshalb umwandte und in meine Richtung blickte,
sah ich, daß ich mich geirrt hatte: Eros in Person
saß dort, mit langen Haaren und Grübchen; seine
Haut zeigte sich zart bernsteinfarben, denn dem
jungen Gott hatte es gefallen, die mattweiße Puder-
schicht abzulegen, die ihm sonst als Verkleidung
diente, wenn er sich Tag für Tag als Statue auf dem
Podest am Ende der Hauptachse des Villengartens
bewundern ließ. Er lächelte, setzte die dunkle Son-
nenbrille auf und redete zu mir – in meiner Sprache:
Der Bus nach Como ist wohl weg. Ich heiße Toby.
Warum sind Sie nicht mitgefahren?
Ich nannte ihm meinen Namen und gab zu, daß ich
eigentlich keine Ausrede hätte; möglicherweise
hatte ich einfach keine Lust gehabt, in ein Auto ein-
zusteigen, in dem ich niemanden kannte, um mir
ein Gerede über Nixon anhören zu müssen, das mir
vielleicht nicht einleuchtete.
Das verstehe ich.
Warum waren Sie gestern abend nicht beim Essen?
Vielleicht ging's mir so ähnlich wie Ihnen mit
Como; deshalb bin ich auch heute nicht mitgefahren. Haben Sie Lust auf ein Spiel?
Dann sagte er noch: Nixon war früher mal der
Rechtsanwalt meines Vaters, aber ich verstehe
nichts von amerikanischer Politik.

Ich bedeutete ihm, daß ich noch nie Backgammon gespielt hätte.

Er lächelte wieder und sagte: Das ist nicht schwer, ich bringe es Ihnen bei.

Die Grundregeln von Backgammon hatte er offenbar schon viele Male erklärt. Meine Unfähigkeit, die Zahl der Abstände mit einem Blick zu erfassen, quittierte er nachsichtig und erheitert zugleich. Er mußte überhaupt nicht zählen. Die kleine raubgierige Hand glitt über das Spielbrett, bewegte die eigenen Steine und meine dazu, wenn ich Fehler gemacht hatte, stapelte sie feinsäuberlich zu Türmen und stellte sie ohne Pause zu einem neuen Spiel auf, sobald er gewonnen hatte.

Wir sollten um Geld spielen, sagte er wagemutig: mit kleinem Einsatz und einer Vorgabe für Sie. Das wird Sie zur Aufmerksamkeit zwingen.

Ich versicherte ihm, mein Problem sei nicht mangelnde Konzentration, sondern mangelndes Rechenvermögen und der fehlende Wille zum Sieg. Ihn amüsierte das.

Charlie hat gesagt, Sie seien Juraprofessor. Haben die denn nicht alle Rechnen gelernt?

Fast alle.

Wir spielten noch ein paarmal, bis er endlich einsah, daß ich zwar die Spielregeln begriffen hatte, aber nie ein interessanter Gegner werden würde. Dann schob er das Spiel beiseite, lief zum Sprungbrett, hob ab und flog durch die Luft wie ein goldbrauner Vogel, tauchte ins Wasser ein und schwamm so schnell und so schön, daß ich vor Respekt am Beckenrand sitzen blieb, obwohl ich nach so viel Sonne auch ganz gern hineingesprungen wäre. Er begriff, schwamm zum Rand in meiner Nähe und rief: Ach, kommen Sie, Professor Max, keine Angst, Sie müssen nicht gewinnen! Das können Sie auch gar nicht. Ich habe schon als Kind an Schwimmfesten teilgenommen.

Ich gehorchte, und wie ich so schwerfällig meine Bahnen zog, immer dicht am Beckenrand entlang, wuchs meine Neugier, und ich fragte mich, was es mit diesem fremdartigen, wunderschönen Knaben – er war höchstens sechzehn – auf sich hatte. Er besaß die Anmut und schwerelose Freundlichkeit eines jungen Prinzen. War er einer? Sein Englisch klang perfekt, aber es mußte nicht die Sprache eines Engländers oder Amerikaners sein. Kein einziger amerikanischer Junge, dem ich je begegnet war, verfügte über so eine Höflichkeit.

Nachdem wir uns von der Sonne hatten trocknen lassen und im Schatten eines römischen Schirmes saßen, erklärte er genauso selbstverständlich, wie er mir vorher die Grundregeln des Backgammonspiels auseinandergesetzt hatte, daß er seine Schulferien hier verbringe, weit entfernt von seinem Internat in der Nähe von Lausanne, wo sein Vater ihn drei Jahre zuvor abgestellt habe – das waren seine Worte –, nachdem die Eltern sich hatten scheiden lassen. Er war das einzige Kind. Der Vater war dann wieder nach Beirut und zu seinen Geschäften mit Saudi-Arabien zurückgekehrt; die Mutter war in Amerika, im Krankenhaus.

Sie ist verrückt, wissen Sie. Angefangen hat das ein paar Jahre, bevor ich nach Lausanne ging. Sie wollte ihr Zimmer nicht mehr verlassen, und dann sprang sie eines Nachts aus dem Fenster. Sie schlug auf dem Gewächshausdach auf und hatte ziemlich scheußliche Schnittwunden.

Entsetzlich, sagte ich. Er stimmte zu. Dann lächelte er, und ich fragte mich, ob seine Munterkeit vielleicht eine Folge nervöser Ticks sei — so wie jemand plötzlich und ohne jeden Grund anfängt zu tanzen.

Und jetzt? fragte ich ihn. Warum sind Sie hier?

Er lächelte wieder.

Charlie hat mich mitgebracht. Ich arbeite für ihn im Genfer Büro seiner Firma. Mein Dad hat das arrangiert. Dad kennt auch Rodney Joyce. Die beiden haben nach dem Krieg zusammen Leute beschattet. Dies hier ist mein Sommerpraktikum.

Später an jenem Tag, in der langen melancholischen Pause zwischen dem tatsächlichen und dem offiziellen Ende eines Augustnachmittags, wenn bei Einbruch der Dämmerung *la mosca cede a la zanzara* und Getränke serviert werden, schlenderte ich mit einem Buch zur Vorderseite der Villa; ich hatte vor, den Rest des Sonnenlichts zum Lesen zu nutzen. Kein Laut war da zu hören, nur der hin und her springende Ton eines Tennisballes. Vermutlich

Rodney, dachte ich, der ein Einzel mit einem sorgsam ausgesuchten Partner spielte, mit Arthur vielleicht, denn der hatte mir nicht geöffnet, als ich an seiner Zimmertür geklopft hatte. Die Gäste hielten wohl noch ihre Siesta hinter geschlossenen Fensterläden, ließen sich dann ein duftendes Bad ein — Edna hatte für teure Badeessenzen gesorgt —, und die Frauen begannen mit ihrer Überlegung, was sie am Abend tragen sollten. Ich hatte eigentlich erwartet, vor dem Haus ganz allein zu sein, aber da saß Charlie auf einem Korbsofa, breit hingelagert wie ein gestrandeter Wal, in der Hand ein Glas Weißwein, neben sich eine Flasche in einem eisgefüllten Kühler. Ich sah ihn, bevor er mich bemerkte. Er hatte kein Buch und keine Zeitschrift; seine Augen waren auf den unter uns liegenden See gerichtet, vielleicht beobachtete er ein Boot mit Kurs auf Dongo oder Gravedona. Als ich seinen Namen nannte, erhob er sich, begrüßte mich mit einer angedeuteten Umarmung und drückte mich dann in die andere Ecke des Sofas. Ich staunte über seinen eindrucksvollen, massigen, in weißes Leinen gezwängten Körper. Er hatte nicht das Fett eines Ex-Athleten; in der flüchtigen Umarmung hatte ich gespürt, daß sein Körper sich hart und gespannt anfühlte. Vielleicht war meine Erinnerung an ihn nicht präzise genug, vielleicht hatte die Zeit in einer Spiellaune seine Größe verdoppelt. Er füllte sein Glas mit Wein, gab es mir und ging zum Angriff über.

Ich muß mich doch sehr wundern, daß du mit Arthur herumreist. Das ist doch keine Art, an diesem Ort hier aufzutreten! Ist dir nicht klar, daß er überall als Snob und Gauner verrufen ist? Du warst doch mal ein Intellektueller, ein wirklich ernsthafter Mensch. Was ist denn mit dir passiert?

Daran hat sich nichts geändert. Das mag auch der Grund sein, warum ich gar nicht hier wäre, wenn Arthur mich nicht mitgebracht hätte. Was hast du an ihm auszusetzen? Ist nicht jeder hier ein Snob? Du und die Joyces zum Beispiel? Und was soll das heißen, er ist ein Gauner? Was meinst du damit?

Was ich sage. Er zieht dir den Boden unter den Füßen weg, er ist durch und durch verdorben. Ein erbarmungsloser Geschäftsmann, der seine Partner wie Zitronen auspreßt. Rühren kann den gar nichts, wenn er nur Einladungen an einen Ort wie diesen hat und seinen Namen in den Klatschspalten liest.

Hattest du geschäftlich mit ihm zu tun?

Gewiß nicht! Ich baue gewaltige Häuser, die nicht billig zu haben sind, und für gewöhnliche Spekulanten am allerwenigsten. Dein neuer Busenfreund kann Qualität nicht brauchen, und Kunst schon gar nicht. Das sagt ihm sein Instinkt. Er meint, Qualität ist gut für die Trottel, die das von ihm veröffentlichte Magazin abonnieren; ich nehme es als Klopapier!

Und fügte traurig hinzu: Du solltest dir selbst nicht gestatten, dich mit dem sehen zu lassen.

Es gibt Leute, die man über lange Zeit hin immer wieder sieht, ohne daß man ihre Gesellschaft suchen würde. Sie tauchen regelmäßig in einer bestimmten Umgebung auf; wenn sie irgendwann verschwinden, vermißt man sie nicht. Für mich gehörte Charlie in diese Kategorie. Daß er keine Hemmungen hatte, sich so einzumischen und Arthur dermaßen schlecht zu machen, war unverschämt. Was immer ich selbst von meinem Reisegefährten hielt und worauf auch unsere Freundschaft beruhte: Ich konnte mir keinen Grund denken, warum Charlie daran zweifeln sollte, daß Arthur und ich Freunde waren. Ich jedenfalls zweifelte nicht daran, daß er mein eigentlicher Gastgeber in der Rumorosa war. Zu Charlie sagte ich, daß ich die Aussicht auf eine Fortsetzung dieser Unterhaltung unangenehm fände, stand auf und wollte gehen.

Charlie griff nach meiner Hand. Er hatte winzige Füße, aber seine Hände paßten zu seinem Körper, sie waren schwer und zupackend, wie gemacht zum Rudern.

Sei nicht gekränkt. Meine Gefühle sind mit mir durchgegangen, aber ich habe Grund dazu. Laß uns einen Spaziergang zum See machen. Ich erkläre dir alles. Vielleicht ergibt sich die Gelegenheit nie wieder.

Ich konnte ihm das kaum abschlagen, zudem war ich auch etwas neugierig, was er vorbringen würde. Wir folgten einem Pfad durch einen Zypressenhain und kamen zu einer weiteren Terrasse, deren Balustrade unmittelbar über dem Wasser lag. Auf der Balustrade standen olympische Götter mit dem Gesicht zum See, alle in einer Reihe, darunter Hermes und Herakles und gleich neben Herakles Ganymed, vielleicht zufällig, vielleicht aber auch, weil der Bauherr, der diese Verschönerung seiner Terrasse in Auftrag gegeben hatte, ironische Anspielungen auf die Familienverhältnisse der Götter schätzte. Derweil sprach Charlie.

Du bist nicht zu meiner Hochzeit gekommen, obwohl du eingeladen warst samt der Studentin mit den haarigen Beinen, mit der du liiert warst, obwohl sie überhaupt nicht zu dir paßte.

Vielleicht bist du ja immer noch mit ihr zusammen! Für mich war das eine schmerzliche Überraschung, und für Diane auch. Du hast es wahrscheinlich damals nicht gemerkt oder längst vergessen, wieviel Mühe ich mir gab, dir Diane auf jeden Fall gleich nach unserer Verlobung vorzustellen. Als ich erfuhr, daß du in New York sein würdest, habe ich umgehend ihren Vetter Anson überredet, dich zu dem Fest einzuladen, das er für Diane gab; und ihr habt euch auf Anhieb sehr gut verstanden. Damit hatte ich gerechnet und dich dann gefragt, ob du anschließend mit uns zum Essen zu Giovanni kämst. Du lehntest ab, ohne einen Grund zu nennen. Das war ein Zeichen, das ich übersah, denn, wie gesagt, wir waren beide ganz unvorbereitet auf deine brutale Grobheit, nicht zu unserer Hochzeit zu kommen, die in wirklich sehr kleinem, intimem

Rahmen stattfand, wenn man bedenkt, wie groß Dianes und meine Familie sind. Du hast mich damit tief getroffen.

Mein Gott, Charlie, das ist über zehn Jahre her! Ich habe mir doch nichts Böses dabei gedacht. Hab ich dir nicht auch geschrieben, daß mir das leid getan hat? Und was haben diese eingebildeten Kränkungen von damals mit dem armen Arthur zu tun?

Ja, ich habe so eine Art Formbrief von dir bekommen – mit der Maschine geschrieben! –, irgendwas sei mit deinem Auto nicht in Ordnung. Vollkommener Blödsinn, du hättest ja auch mit der Bahn fahren können. Und das war dir noch nicht verächtlich genug, dein Hochzeitsgeschenk war wirklich die Höhe – ein *cachepot* aus Majolika! Wie konntest du mir so etwas schicken! Ich habe das Ding auf der Stelle zerschmettert.

War Charlie nicht mehr bei Trost? Er hatte mich mit so bitteren Vorwürfen überhäuft, daß ich in die Enge getrieben war und mit dem Rücken zur Wand stand, das heißt zur Balustrade; rechts von mir stand ein gewaltiger Blumentopf mit weißen Geranien. Inzwischen war mir wieder eingefallen, warum ich Charlies und Dianes Hochzeit so »brutal« geschwänzt hatte. Kate und ich waren nach New York gefahren – es hatte sich nämlich günstig getroffen, daß eine Freundin von Kate verreist war und uns ihre Wohnung übers Wochenende überließ –, in der festen Absicht, uns am Samstag nach dem Essen nach Short Hills aufzumachen, wo der Empfang auf dem Anwesen von Dianes Großeltern stattfinden sollte. Man hatte uns erzählt, der Besitz ähnele einem Wildpark, und das wollten wir gern mit eigenen Augen sehen. Damals hatte nun aber Kates sexuelle Anziehungskraft auf mich den Gipfel erreicht; ich war ihr geradezu verfallen. Zum Essen gingen wir nicht, liebten uns statt dessen im Murphy-Bett der Freundin und fielen danach in tiefen Schlaf. Als wir wieder wach wurden, war es zwar nicht ausgeschlossen, aber keineswegs sicher, daß wir rechtzeitig jenen – für uns – obskuren Ort in New Jersey finden würden. Auf das Risiko wollten wir uns nicht einlassen, also machte ich uns zur Stärkung ein paar Brote mit Thunfisch, die wir gleich im Bett aßen, um unsere Aktivitäten alsbald wieder aufnehmen zu können. Kann übrigens sein, daß ich Kate vorschlug, den Liebesakt als ein Epithalamion zur Feier des glücklichen Paares zu gestalten.

Ich dachte mir, daß diese ausführliche Erklärung Charlie nicht beruhigen würde; außerdem war ich mir gar nicht so sicher, ob ich ihn überhaupt versöhnlich stimmen wollte, ganz gleich, was der Grund seines bizarren Zorns sein mochte. Die Bemerkung über Kates Beine war eine zusätzliche Unverschämtheit, auch wenn ich es ebenfalls bedauerlich gefunden hatte, daß sie sich weigerte – nur zeitweilig, wie sich bald erwies –, gegen den Bauplan der Natur mit einem Rasierapparat oder einer Enthaarungscreme anzugehen.

Er nahm seinen Faden wieder auf: Ja, all das hat mit Arthur zu tun; und daß du dich nicht schämst, hier unter seiner Schirmherrschaft aufzutreten! Ich habe mich so gefreut, als Edna mir erzählte, daß ich dich hier treffen würde. Sie hatte natürlich genug Takt und *savoir faire*, mir nicht zu verraten, mit wem! Mir wäre wohl übel geworden. Damals in der Zeit, die für dich anscheinend in nebelhafte Ferne gerückt ist, habe ich dich vorsorglich für mich in petto gehalten, weil ich als einziger sehen konnte, daß etwas Starkes, Hartes in dir schlummerte, das eines Tages strahlend ans Licht kommen würde, genauso wie sich offenbart hat, was ich verborgen in mir trug. Für die anderen – vor allem für Janie und Edna – warst du nur einer von den vielen aufgeblasenen kleinen Angebern, die um einen Tutor herumschwänzeln, wenn er seinen Tee im Signet-Club nimmt. Ja, ich hatte dich insgeheim ausersehen, mein geheimer Freund zu sein. Das war ein Geschenk von mir. Jetzt kannst du vielleicht verstehen, welche Enttäuschung, was sage ich, welche bittere Demütigung es für mich bedeutet, sehen zu müssen, daß du noch immer der alte Sykophant bist.

Wenn er nicht so massig und so sichtbar kräftig gewesen wäre, hätte ich ihm bestimmt einen von Ednas grünen Metallstühlen, die passend in meiner Nähe standen, über den Kopf geschlagen. So aber fuhr meine Faust ganz unwillkürlich, ohne mein Zutun, in den Blumentopf und griff in die Erde. Die war sehr feucht; der Gärtner hatte die Geranien offenbar kurz zuvor gewässert. Ich nahm eine Handvoll von dem Zeug und warf damit nach Charlie, dessen Gesicht ich erwischen wollte. Der Dreck landete allerdings auf seiner Brusttasche und hinterließ einen dicken, tropfenden Fleck. Ich bombardierte ihn weiter, und er staunte nur mit offenem Mund. Dann fingen wir beide, für uns selbst völlig überraschend, an zu lachen, lachten und lachten, bis uns die Tränen kamen. Ganz erschöpft klopfte ich ihm zum Zeichen der Versöhnung auf die Schulter, nicht ohne einen langen Streifen Dreck auf seinem Ärmel zu hinterlassen.

Gut gut, sagte er, das reicht. Ganz so schlimm ist es also doch nicht mit dir gekommen.

Er setzte sich auf einen der Stühle, die ich ausersehen hatte, um ihm den Schädel einzuschlagen, zog sein Taschentuch heraus und wischte nachdenklich an seinem Anzug herum.

Das trocknet schon bald wieder, aber wenn wir zum Haus zurückkommen, werde ich mich umziehen, kündigte er an. Er zeigte auf den See: Sieh nur, wir stehen an den Grenzen der Antike. Dort am anderen Ufer liegt die Villa des Jüngeren Plinius. Rechts von dir die mörderischen Alpen. Griechische Götter als Schutz vor Hannibals Elefanten. Und hier Weinberge, Bienenhäuser, friedlich grasende Schafe. Ein Paradies für die Gebildeten und Herzensklugen. Ich habe mich sehr verändert seit damals, als du dir so wenig Mühe gegeben hast, mich kennenzulernen. Ich bin sehr einsam.

Ich murmelte vor mich hin, gehört zu haben, daß er von Diane geschieden sei. Sofort unterbrach er mich.

Vorherbestimmte Passion und Auferstehung. Mein eigentliches Werk als Künstler und als Mann nahm damit seinen Anfang. Und eines Tages wirst du das Beste sehen, was ich geschaffen habe. Ich werde dir die Idee erklären, die alles eint und leitet, und du wirst sie verstehen, weil du sensibel und intelligent bist. Von jetzt an gehörst du zu meinen Vertrauten – das sind nur ganz wenige! Du kannst bei mir sein, wann immer du möchtest. Wenn du nach Frankreich kommst, komm nach Vézelay, da habe ich ein Haus, das beinahe so alt ist wie die Basilika. In den Bäumen über Rio baue ich mir ein Nest. Mein Appartement in New York ist im River House. Ich schicke dir einen Schlüssel und gebe Anweisung, dich einzulassen, wann immer du dich entschließt, dort zu wohnen. Heute morgen bist du meinem jungen Mitarbeiter begegnet. Kinder und kleine Lebewesen haben das sicherste Gespür für den Charakter eines Menschen. Der Junge hat für dich gut gesagt. Verrate mich nicht wieder!

Er wartete meine Antwort nicht ab, sondern bot mir eine Zigarre an, schnitt die Spitze ab, gab mir Feuer, schob seinen Arm unter meinen und zwang mich so, mit ihm im Eilschritt zur Villa zurückzumarschieren.

Nachdem ich ein Bad genommen hatte, klopfte ich noch einmal an Arthurs Zimmertür. Er war wieder nicht da. Ich fand ihn unten, auf der Ostterrasse, wo unser Besuch in der Rumorosa begonnen hatte. Die Villa war schmal und langgestreckt – Salon und Galerie im Erdgeschoß nahmen die gesamte Breite ein –, deshalb meinte man immer, von einer Seite des Hauses zur anderen zu gehen. Rodney, Edna und die rothaarige Frau waren auch da. Ich setzte mich zu ihnen. Die sinkende Sonne hatte das Haus ganz ausgeleuchtet und spiegelte sich in den Fenstern so, daß diese in den warmen Ocker- und Gelbtönen der Fassade wie ein Ausschnitt aus dem See glitzerten. Hier, auf der Ostterrasse, war das Licht grau und kalt.

Rodney empfahl mir, ich solle mir einen Whiskey zubereiten. Arthur und er trugen noch Tenniskleidung. Er hatte Arthur im letzten Satz geschlagen und setzte die Tennisanalyse fort, wie sie ihm beigebracht worden war: kraftvoller Aufschlag und zuverlässiges, genaues Grundlinienspiel.

Ihr jungen Burschen seht so alt aus wie ich, wenn ihr Schritt halten müßt, sagte er zu Arthur. Jedesmal, wenn du zum Netz gespurtet bist, habe ich dich erwischt.

Ich bin aus der Übung. Ich sollte mich nur in Häusern aufhalten, wo ich spielen kann. Bitte mach doch Laura klar, daß sie einen Tennisplatz anlegen oder ihre Gastlichkeit einschränken muß. Sie hat mich für eine Woche nach Belluno eingeladen. Ich kann dem schönsten Wein und der besten ländlichen Küche Italiens nicht widerstehen, aber man kann dort nicht Tennis spielen. Ach, übrigens Max, du kommst auch mit!

Die Rothaarige hieß also Laura. Sie sprach mich an. Mit der Stimme eines Tenors und in einem rasanten Englisch mit starkem Akzent versicherte sie mir, daß sie unbedingt auf mich zähle; ohne mich käme Arthur am Ende nicht, und sie wolle ihm ein paar Graphiken zeigen, die genau richtig für sein Mailänder Büro seien – nein, eigentlich für jedes Büro. Ob ich ein Büro hätte, fragte sie. Sie hätte natürlich ein paar Stücke in Belluno, aber falls ich im September noch in Italien sei, hätte ich vielleicht Lust, die Galerie zu besuchen. Bevor meine heillose Verwirrung mich ganz überwältigte, streute Edna von ihrem Sofa her ein paar träge klärende Worte ein: Lauras Galerie ist in Mailand, sie verkauft phantastische neue Arbeiten.

Laura kam mir immer attraktiver vor. Nüchtern, lebendig und freundlich, frei von jenen mühsam verborgenen, geballten Aggressionen, die jederzeit zum Ausbruch kommen können, elegant und gepflegt – wenn ich in Cambridge zum Essen eingeladen war, traf ich solche Frauen nie. Ich betrachtete ihre lakkierten Zehennägel. Ich fragte mich, ob zwischen ihr und Arthur eine engere Beziehung bestand, und antwortete auf ihre Frage: Mein Zimmer in Langdell, in der Law School, könnte durch etwas Helles, Leuchtendes an der Wand gewinnen, und wenn die

Einladung für die Zeit gelte, zu der ich noch nicht wieder lehren müsse, würde ich sie gern annehmen.

Kein Problem, wir fahren von hier direkt zu Laura weiter, erklärte Arthur. Die Fahrt schafft man bequem an einem Tag. Du kannst in Lauras Auto mitfahren, und ich komme hinterher. Zum Mittagessen schauen wir bei Giancarlo und Bettina vorbei.

Damit war die nächste Etappe meiner Italienreise festgelegt. Ich fühlte mich seltsam wohl und leicht benebelt zugleich, ein Zustand, der zum Teil dem Whiskey zuzuschreiben war, den ich mir großzügig eingeschenkt hatte. Auf einmal war ich der Welt der kleinen Hotels entronnen, deren Adressen Kate in ihrer Bibliothek aus Fodors Reiseführern und Zeitungsausschnitten zusammengestoppelt hatte, Etablissements, die wir immer in ängstlicher Hast aufsuchten, damit unsere Reservierung nur ja nicht annulliert wurde – um dann festzustellen, daß die Zimmer kleinbürgerliches Mobiliar und kaltes Licht hatten, daß die Tapeten verfleckt von zerquetschten Mücken waren, daß das Bett knarrte; jetzt war ich vorgedrungen in das Zauberreich bargeldlosen Wohllebens. Eigenartig, daß offenbar weder Laura noch die Joyces meine Anwesenheit in diesem Reich als schrille Überraschung empfanden; wenn mein Eindruck richtig war, warum hatte man mich dann aber bis jetzt ausgesperrt? Arthur hatte wohl für mich das Sesam-öffne-dich gesprochen.

Hätte das auch ein anderer tun können, oder war es notwendigerweise eine Drehung von Fortunas Rad, die diese einzigartige Konstellation von Personen und Zeit zustandebrachte? Und wer hatte Arthur oder zum Beispiel der rothaarigen Laura Zutritt verschafft? Dann aber fiel mir ein, daß ich womöglich ganz naiv unverbindliche Höflichkeit für bare Münze genommen hatte und mir nun nichts anderes übrigblieb, als mit dem nächsten Zug von Belluno nach Mailand und zu meinem Flugzeug nach Boston zurückzufahren, bevor mein Besuch in Peinlichkeit ausartete. Ich beschloß, diese Mißtrauensregung eines Kleinstadt-Neuengländers zu unterdrücken. Edna schlug nach einer Stechmücke und verkündete, wir sollten ins Haus gehen, bis der Wind vom See aufkomme – was passenderweise unmittelbar vor dem Essen zu erwarten sei.

Als Arthur aufstand, um mit den anderen hinaufzugehen, die sich umziehen wollten, hielt ich ihn zurück und fragte, ob er einen Augenblick Zeit für mich habe.

Selbstverständlich, sagte er. Setzen wir uns in den Salon. Da werden wir ganz für uns sein.

Zuerst sagte ich, mir sei eingefallen, daß es falsch wäre, wenn ich nach Belluno führe. Ob er nicht lieber allein mit Laura sein wolle – wozu sollte in einer solchen Situation ein überzähliger Mann gut sein?

Arthur lachte.

Es ist überhaupt keine Situation. Außerdem wird

Laura, bis wir dort angekommen sind, noch zehn andere Leute eingeladen haben. Das Haus ist sehr groß, wunderschön, aber heruntergekommen und schäbig, nicht wie hier. Richtiges Italien – das wird dir sehr gefallen! Sie wäre enttäuscht, wenn du absagst. In Italien halten Juraprofessoren vielleicht eine Vorlesung pro Woche. Sie arbeiten eher wie berühmte Rechtsanwälte, geben juristischen Rat. Laura ist an vielen kleinen Firmen beteiligt, sie macht Geld, hier ein bißchen und da ein bißchen. Weil du Professor bist, rechnet sie damit, daß du sie als ihr Hausgast kostenlos berätst – wahrscheinlich in Steuerfragen! Und wenn schon, was soll sein? Sie mag dich offenbar.

Also war nichts zwischen den beiden. Plötzlich blitzte eine Sehnsucht, ein Hoffnungsfunke in mir auf, den ich lieber gleich im Keime ersticken wollte, um mich nicht zum Narren zu machen.

Und Charlie? fragte ich. Wie gut kennst du den eigentlich? Mir war nicht klar, daß du ihn überhaupt kennst.

Warum? Hat er mit dir über mich geredet? Ich wette, er hat mich schlechtgemacht.

Er hat recht heftige Gefühle geäußert, das stimmt.

Solche Gefühle hat er immer – besonders wenn es um Preise in Wettbewerben geht! Du weißt, daß unsere Firma Geld in *Città* investiert hat. Jedes Jahr setzt diese Zeitschrift Preise für die fünf besten Neubauten aus. Im Herbst werden sie vorgestellt –

mit allem Brimborium, teuren Fotos und Bespre-
chungen von renommierten Kritikern, und dann finanziert *Città* eine Fachausstellung im Museum of
Modern Art und in Stuttgart. Am Anfang war das
vollkommen harmlos, doch inzwischen gilt es als
eine große Sache. Die Redaktion trifft die Vorauswahl der Bauten, aber die Preisträger werden von
einer Jury aus Außenstehenden bestimmt. Vor zwei
Jahren saß ich in der Jury – ich habe für *Città* kleine
Texte über Industrieprojekte geschrieben, also bin
ich in Italien Kritiker. Natürlich bin ich nicht des-
wegen in der Jury gelandet. Es war dies mehr eine
freundliche Geste des Herausgebers. Dann wurde
klar, daß wir für Charlies Dreckzeug in Hamburg
keinen Preis, nicht mal eine ehrenvolle Erwähnung
vorgesehen hatten. Natürlich bekam er später den
Schnitzler-Preis, auf den er eigentlich gehofft hatte,
aber bis es soweit war, machte er ein Riesentheater,
schrieb einen fünf Seiten langen Protestbrief an die
Redaktion – die saftigsten Stellen daraus veröffent-
lichten wir zusammen mit unserer Entgegnung –
und brachte sogar die Dekane der Fakultäten in Co-
lumbia und Yale dazu, Erklärungen zu verfassen,
die das Ganze als eine empörende antiamerikani-
sche Kampagne bezeichneten. Mir schrieb er auch
und warf mir vor, ich sei als Drahtzieher persönlich
schuld an dem Skandal, worauf ich zurückschrieb,
auf Briefe von Querulanten antworte ich nicht!
Seitdem behandelt er mich höflich, wenn wir uns
begegnen, mit diesem ausgesuchten Stil, den er sich

passend zu seinem Gehabe als großer Maestro angewöhnt hat, und hinter meinem Rücken behauptet
er den Unsinn, der mir zugetragen wird. Als er hier
ankam, hat er Edna erzählt, ich sei dabei gesehen
worden, wie ich in Rom Strichjungen mitgenom-
men hätte.

Stimmt das?

Ein pikantes, ja prickelndes Thema, aber allzu
überrascht war ich an diesem Punkt unseres Ge-
sprächs nicht. Arthur lebte allein, trotzdem hatte
ich in den drei Jahren, seit ich ihn kannte, nie eine
Frau gesehen, mit der er eine Beziehung unterhielt
oder anstrebte. Kate meinte, das beweise, daß er ein
Kapaun sei und sich ausschließlich für Geld und
Klatsch interessiere. Ich neigte zu der Anschauung,
die mir als erster mein Turnlehrer im Internat beigebracht hatte: Ein Leben ohne Sex gibt es nicht. Da
Arthur reich und extrovertiert war, konnte ich mir
nicht vorstellen, daß Masturbation sein wesentli-
ches Ventil sein mochte. Deshalb hatte ich mir drei
Theorien als mögliche Erklärung dafür zurechtge-
legt, daß niemand von einer Gefährtin meines
Freundes wußte: Entweder hielt er einer verheirate-
ten Geliebten die Treue, die wahrscheinlich in Genf
lebte, wo er seinen offiziellen Wohnsitz hatte und
wo er sich auch häufig aufhielt. Oder er mochte
seine Zeit nicht damit vergeuden, Damen lange zu
umwerben; deshalb verlegte er sich auf Callgirls
und dergleichen schmuddelige Lösungen. Oder aber
er liebte nur Männer und hielt dies streng geheim.

Ich wußte, daß in Harvard kein Mangel an Männern mit dieser Lebensweise herrschte; manche von ihnen waren so diskret, daß ihr Geheimnis nur durch zwanghafte Indiskretionen ihrer besten Freunde bekannt wurde. Warum sollten solche Leute nicht auch in der internationalen Geschäftswelt zu Hause sein?

Arthur hob die Brauen. Pech für Charlie, die Antwort ist nein! Ich glaube, Charlie hat mich zum Haupt der Verschwörung gegen ihn stilisiert, weil wir zwar schon lange gesellschaftlichen Umgang pflegen, er aber trotzdem nie einen Auftrag von uns bekommen hat. Warum auch. Er ist zu teuer. In Europa gibt es gute und renommierte Architekten, die halb soviel verlangen wie er und außerdem ihre Bauten fristgerecht fertigstellen. Und dann war da übrigens noch etwas, das wir ihm nicht sagen konnten, weil es die *Città*-Satzung verbietet: Seine Arbeit wurde von der Jury nicht in die engere Wahl gezogen, weil die Redaktion sie bei der Vorauswahl erst gar nicht berücksichtigt hatte! Das lag daran, daß der Herausgeber, ein außerordentlich kunst- und männerliebender Herr, Charlie nicht besonders gut findet.

Dabei machte er eine abfällige Geste, mit der er ein schlappes Handgelenk andeuten wollte.

Wir sehen uns beim Essen, verabschiedete er sich. Du solltest Edna bitten, dich neben Laura zu plazieren. Sei liebenswürdig zu ihr. *C'est une affaire*, noch jung, mit funktionsfähigen Organen, einem

eleganten Appartement in Mailand, einem Haus
auf dem Land, und sie ist ganz allein – *poverina*!
Ich hatte noch keine Erfahrung mit Juden wie Arthur. Offenkundig wurde er von Leuten eingeladen
– und stand sogar auf sehr vertrautem Fuß mit ihnen –, die normalerweise keine jüdischen Freunde
hatten. Er erzählte ganz unbefangen Judenwitze,
die meine jüdischen Kollegen an der Law School als
beleidigend und unmöglich empfunden hätten; aber
ebenso selbstverständlich gab er Witze aus dem
Borscht Circuit Milieu zum besten, in denen der
Goj der Dumme ist. Nach meinem Eindruck liefen
seine Witze gewöhnlich darauf hinaus, daß er kühl
und ungerührt das Kind beim Namen nannte. Ich
beschloß zu tun, was er vorgeschlagen hatte.

Mehr Leute als am Abend zuvor fanden sich diesmal im Eßzimmer ein, wo in chiaroscuro-Manier
gemalte Landleute Hand in Hand Ringelreihen um
Pulcinella herum tanzten und von den Wänden
herab sehnsüchtig den Gästen zulächelten. Man saß
heute auch nicht an einer großen Tafel, sondern auf
der Terrasse waren mehrere runde Tische für jeweils sechs Personen gedeckt. Ich fand meine Tischkarte; obwohl ich nichts zu Edna gesagt hatte, war
ich zwischen Laura und Toby plaziert worden.
Heute abend würde er also zum Essen kommen.
Rodney saß neben dem Jungen, dann kam Charlie
und schließlich eine Frau aus Kalifornien mit falschen Wimpern und Juwelen in der Form riesenhaf-

ter Zähne. Auf der Seite neben Laura saß der Direktor des Rockefeller Institutes. Er hatte wohl die Absicht, die Frau aus Kalifornien zu missionieren; ich beobachtete ihn dabei, wie er seine Predigt begann, schon bevor wir uns setzen konnten. Sein Vortrag, der von Indikatoren sozialer Trends und ihrer Nutzung bei Studien über Chicano-Eliten handelte, konnte auch durch die Pasta nicht unterbrochen werden. Ich stellte Laura Toby vor und erzählte ihr, daß er mich im Backgammon unterrichtet hatte, während alle anderen am Tisch Kultur konsumierten. Sie schenkte Toby ein Lächeln, das auch mir galt, und fragte ihn nach der Schule, nach seiner Arbeit in Charlies Büro und nach seinen Plänen für die Universität. Es stellte sich heraus, daß sie in Florenz eine Nichte in seinem Alter hatte, die sich in einem amerikanischen College einschreiben lassen wollte, und bot an, die beiden miteinander bekannt zu machen. Er sagte dazu sofort Ja, mit der natürlichen Liebenswürdigkeit, die mir schon vorher so an ihm gefallen hatte, und erklärte, er mache sich Sorgen, da in seinem Internat außer Mathematik nichts zur Vorbereitung auf die Universität geboten werde. Der Unterricht in Englisch und Geschichte sei ganz schlecht, und er wolle schließlich gern Journalist werden. Vielleicht könne er gar nicht studieren, vielleicht müsse sein Vater ihm eine Stelle bei der Zeitung verschaffen, so ähnlich, wie er ihm auch den Job bei Charlie besorgt hatte. Laura hatte die Angewohnheit, übergangslos zwischen Englisch und

Italienisch zu wechseln; das bewundernswerte Kind folgte ihr sofort und sprach, zumindest für meine Ohren, genauso deutlich und elegant wie sie. Mir kam langsam der Gedanke, daß man einem solchen Mann von der Ersatzbank vielleicht zur Zulassung in Harvard verhelfen konnte, wenn die Zeit gekommen war – ich mußte nur dafür sorgen, daß die richtige Person seinen Fall beurteilte, jemand, der von dem minderen Niveau der Schweizer Schule absehen konnte, unter Umständen auch von Tobys Notendurchschnitt, falls der mangelhaft war. Ganz ohne logischen Zusammenhang nahmen meine wohlwollenden Absichten zu, während ich Laura beobachtete. Sie hatte sich dem Jungen zugewendet und beugte sich vor; ihr Arm berührte meinen Ärmel, er war nackt, und sie machte keine Anstalten, ihn zurückzuziehen. Ich befand, daß der rötliche Ton ihres Jerseykleides wunderbar mit der Farbe ihrer Haare harmonierte – früher hätte ich diese Kombination unmöglich gefunden. Die Tischlampe war sehr hell, in ihrem Licht wirkte Lauras Sonnenbräune aschfahl. Sie war wohl etwas älter, als ich zuerst geschätzt hatte. Was meinte Arthur mit ihren Organen, und woher hatte er die Informationen? Ich ertappte mich dabei, wie ich probeweise ihr Knie mit meinem berührte; sie erwiderte den Druck, und ich fing ein Lächeln in Richtung des Jungen auf, das auch mir gelten konnte.
Nach den Ravioli wurde Fisch aus dem See serviert. Rodney warnte uns vor den Gräten mit ihren Wi-

derhaken; Edna hätte nicht gestattet, daß die Seefische auf den Tisch kämen, wenn die Öllampen, die sie im letzten Winter in Portugal entdeckt hätten, nicht so helles Licht gäben. Sogar die Frau aus Kalifornien wurde schweigsam, als wir uns alle auf das Entgräten konzentrierten. Laura war zuerst fertig und fing an, mir die richtige Technik für das Entgräten von Süßwasser-*frittura* auseinanderzusetzen; dabei war ihr Bein in ganzer Länge gegen meines geschmiegt; mein Beitrag zum Thema fiel unelegant aus: Ich redete dummes Zeug über Gräten im Maifischfilet.

Ich hatte gemerkt, daß Charlie, während er mit Rodney sprach, zuhörte, was Toby und Laura miteinander redeten. Jetzt richtete er das Wort so betont und mit Nachdruck an Rodney, daß vollkommen klar war: Alle am Tisch sollten hören, was er zu sagen hatte:

Es ist ein gewagtes Unternehmen, wenn jemand wie ich, ein Mann von Verantwortungsbewußtsein, Vorsicht und altmodischer Höflichkeit, sich verpflichtet – und sei es auch nur einen kurzen Sommer lang –, dem jungen Sohn eines Freundes Herberge und Vorbild zu geben. Kein besonders naher Freund, gewiß nicht, kein Vergleich mit dem, was Max und mich verknüpft: Freundschaftsbande, die geschmiedet wurden, als wir noch formbar waren und voll unschuldiger Empfänglichkeit. Welche Freude, daß wir dank der Vermittlung unserer Gastgeber wieder zueinander gefunden haben!

Er führte die linke Hand an die Augen, als wolle er eine Träne abwischen, und hob sein Glas, um erst mir, dann Rodney feierlich zuzutrinken.

Und fuhr mit tönender Stimme fort: Da hat man den jungen Mann nicht mehr gesehen, seit er ein Kind war – sofern man damals in der Verwirrung des Denkens, das mit den vielfältigen Eindrücken der neuen Umgebung fertig zu werden hatte, überhaupt bereit war, ihn wahrzunehmen, damals beim Essen oder beim Tee im Garten seines Vaters, in dem Haus in den Bergen über Beirut. Wie der Jasmin geduftet hat! Seine anmutige Mutter – was für ein tragisches Schicksal sie erlitt! – muß auch in der Nähe gewesen sein. Nur ihr verdankt dieses glückliche Kind seine Hautfarbe. Seht nur, ganz rot wird er! Lippen wie Rubine in einem Meer von Milch! Die Levantiner-Augen, die kühnen Nüstern, den Stolz – die hat er natürlich vom Vater. Ein mächtiger Mann, und gefährlich wie alle Mächtigen.

An dieser Stelle streckte Charlie den Arm an Rodney vorbei nach Toby aus, griff ihm ans Kinn und drehte ihm das Gesicht erst in Lauras und meine Richtung, dann in die der Frau aus Kalifornien, damit wir alle selbst sehen konnten, was er meinte, bis Toby, der den Kopf wie ein ungebärdiges Fohlen hin und her warf, Charlies Hand endlich abschütteln konnte. Ich sah mir mit Erstaunen nicht nur diese Szene, sondern auch Charlies Finger an. Die der rechten Hand waren braunverfärbt von Nikotin und endeten in ungepflegten, langen, rissigen Nä-

geln. Eben hatte Charlie die Pastasauce auf seinem
Teller mit einem Stückchen Brot zu sich genommen.
Ich hätte seine Finger nicht auf meinem Gesicht
haben mögen.

Nun habe ich ihn also geärgert! Auch das ist eine
Gefahr – daß die Zuneigung eines älteren Kamera-
den falsch verstanden wird, daß man sie verwech-
selt mit unwillkommener Zudringlichkeit. Verzeih
mir, Toby. Ich hatte eine andere Gefahr im Sinn,
eine, die viel schwerer wiegt: daß man einen Un-
würdigen erwählt hat. Daß Zeit und Intensität ver-
schwendet sind wie der Samen, den der Landmann
auf steinigen Boden streut. Man ist so schön wie
man handelt! Lilie, die fault, riecht übler als Ge-
gräs. Zum Glück bist du wie der geheimnisvolle
Jüngling: unberührbar kalt und bei Versuchung
flau. Möge das immer so bleiben! Denn du hast Talent – vielversprechende Anlagen, die ich zu reicher
Blüte bringen werde. Deshalb, mein lieber Toby,
bitte ich dich: Sprich mir nicht von Zeitungsredak-
tionen und Laufjungen, von Treffen mit halbgaren
Florentinerinnen – nichts gegen Lauras Nichte, sie
ist bestimmt sehr bewundernswert, ganz wie ihre
schöne Tante. Aber du bist zu Höherem berufen:
zum Gestalten, zum Schaffen, zur Kunst! Wähle die
Abgeschiedenheit! Mein Studio soll dein Harvard
und dein Yale sein!

Charlie hielt inne und hob erneut sein Glas, diesmal
um Toby zuzutrinken. Nein, es gab keine Hoffnung
auf das Ende der Tirade, wenn Charlie das Glas ge-

leert hätte. Ein heftiges Rot bedeckte Tobys Wangen.

Die Frau aus Kalifornien kicherte: Jedenfalls spart das die hohen Studiengebühren. Sie sind überlebensgroß, Herr Swan!

Oder wir anderen sind zu kleinlich, meinte der Leiter des Rockefeller Institutes beschwichtigend. Lehrjahre haben sich traditionell bestens bewährt, sie sind der Schlüssel zur Schaffung von Eliten; gerade darüber haben wir uns doch eben unterhalten. Wenn dieser Brauch nur wieder zu Ansehen käme!

Mitten in der Nacht, ich lag in Lauras Bett auf dem Rücken, konnte in dieser Stellung lange nicht einschlafen und versuchte, mich nicht zu bewegen, damit sie nicht aufwachte – sie hielt mich mit ihrer Hand –, lachte ich in mich hinein, amüsiert über die befreiende Wirkung, die Arthurs genau gewählte Worte auf mich ausgeübt hatten. Sie waren nicht zufällig gefallen. Er wußte, wie man bei mir Türen öffnet. Eine Weile danach, als ich schon in dem Stadium war, wo Denken allmählich in Träumen übergeht, lauschte ich dem wilden, pfeifenden Lärm draußen vor dem Fenster, den ich als plötzlichen Sturm über dem See erkannte; zugleich dachte ich über die Begegnungen des Tages und die Veränderung mit Charlie nach. Im College hatte er wie viele, die als Sportskanonen ihrer Internate kommen, das Selbstvertrauen besessen, das man durch Erfolge auf dem Fluß und Siege über die gut trainier-

ten Neuen gewinnt; er hatte auch mächtig damit angegeben, während seiner Wochenendaufenthalte in New York und seiner Ferienreisen in Europa besonders viel Weltläufigkeit und Kultur erworben zu haben. Inzwischen war er eine berühmte, vielbeschäftigte, einflußreiche Persönlichkeit geworden. Aber diese deklamatorischen Anwandlungen, diese zudringliche Vertraulichkeit? Ob er Drogen nahm? Ich war gespannt, wieviel Zeit bis zu einem Wiedersehen vergehen mochte. Da unterbrach Laura meinen Schlaf. Sie rüttelte mich an der Schulter und fragte, ob ich die Schreie gehört hätte. Nach einer kleinen Weile konnte ich dann, trotz Wind und eines laut klappernden Fensterladens, die Stimme eines Mannes hören; er heulte, als ob Leben und Luft gleichzeitig aus seinen Lungen entwichen. Ich sagte zu Laura: Laß uns ans Fenster gehen. Wir flüsterten, obwohl die Wände des Hauses dick und der Lärm draußen ohrenbetäubend waren.
Unten am Wasser konnten wir unruhig zuckende Lichtkegel erkennen. Von dort kamen auch die Schreie. Ich sagte Laura, ich würde nachsehen gehen, und zog mich schnell an. Die Heftigkeit des Windes überraschte mich, als ich aus dem Haus trat. Es war ein Fallwind von den Alpen, der in harten kalten Böen über den See fuhr. Ich lief auf die Lichter zu. Rodney war da, auch Arthur und Edna und ein paar Italiener, die aussahen, als arbeiteten sie hier. Sie und Rodney hielten die Taschenlampen und richteten die Lichtkegel auf die Stufen, die von

der Terrasse zum Wasser führten, und dahin, wo
die große Barkasse vertäut war. Auf den Stufen sah
ich Charlie, eine majestätische Erscheinung, dessen
Pyjama wie ein Marmorbogen schimmerte; Charlie
stand barfuß auf den moosbewachsenen Steinen,
den Rücken gespannt, die Arme gegen den Bootsrumpf gestemmt. Der Mann, dessen Schreie ich gehört hatte, war noch im Wasser, mit geschlossenen
Augen, die Hände umkrampften Charlies Füße.
Charlie gab Anweisungen, und Rodney und einer
der Arbeiter stellten sich rechts und links neben ihm
auf. Während er sich weiter gegen den Bootsrumpf
stemmte, hoben sie den Mann langsam hoch, trugen ihn dann auf die Terrasse, legten ihn auf eine
Decke und breiteten eine zweite über ihn. Das
Schreien hörte jetzt auf. Der Mann wimmerte und
zuckte nur noch. Jemand bemerkte, daß der Krankenwagen sicher noch einige Zeit brauche. Ich
fragte Arthur, was passiert sei. Er erklärte mir,
Charlie habe die Schreie gehört und sei zum See gelaufen, habe auf dem Weg dorthin noch Rodney geweckt, der die anderen geholt habe. Anscheinend
war der Bootsmann – das war der Mann, den sie
aus dem Wasser gezogen hatten – zum See gegangen, um nachzusehen, ob die Barkasse und die anderen Boote bei dem Wind zu Schaden gekommen
waren. Er hatte wohl bemerkt, daß der Anker der
Barkasse sich losgerissen hatte und das Boot ohne
Schutz gegen die Stufen trieb und aufzulaufen
drohte. Vielleicht hatte er versucht, es wegzu-

drücken. Wahrscheinlich war dabei der Unfall geschehen. Ob er auf den Stufen ausgerutscht oder vom Bootsdeck gestürzt war, wußte niemand, jedenfalls fand er sich im Wasser wieder, das hatten wir gesehen, und jedesmal, wenn die Barkasse gegen die Stufen schlug, wurde er zwischen Boot und Stein gequetscht. Charlie war als erster an der Unglücksstelle und schaffte es, das Boot so lange wegzuhalten, bis der Mann aus dem Wasser geholt war – kein anderer hätte genug Kraft dazu gehabt.

Während wir redeten, trafen Charlie und Rodney komplizierte Vorkehrungen mit Gummireifen, Fendern und den anderen Booten. Charlie sah mich und winkte jovial, während er sich einen Morgenrock aus schwarzem und gelbem Brokat überzog. Anscheinend hatte er ihn auf der Balustrade gelassen, bevor er sich aufmachte, die Elemente voneinander zu scheiden. Er zog einen Flachmann aus der Rocktasche, nahm einen Zug und gab ihn mir.

Da nimm, sagte er, das ist guter Whiskey. Jetzt höre ich die Polizei und den Krankenwagen. Zu dumm. Sie werden ihn in ein Krankenhaus bringen. Wenn der arme Teufel am Leben bleibt, wird er ein Krüppel sein. Für den wäre es besser, er stürbe.

II

DAS RITZ IN BOSTON. Eine Bank in King of Prussia. Im Wohnzimmer einer Suite mit Aussicht auf den Stadtpark sitzt eine alte Frau und starrt geradeaus – auf nichts. Knochige Füße in frischgeputzten schwarzen Pumps überkreuz auf einer Fußbank, deren Bezug aus Petit Point Stickerei dasselbe Muster hat wie der Ohrensessel. Weiße Nylonstrümpfe. Die Beine krumm wie bei einem alten Reiter, der sein Leben im Sattel zugebracht und Pferdebäuche umklammert hat. Ihre Beine hat ihr gewaltiges Körpergewicht krummgebogen. Die Speckschicht fängt oberhalb der Knie an: unter dem Flanellkostüm quellen Speckrollen übereinander, das Fett hat auch den Hals und die Wangen erreicht und deformiert. Nur die Füße und Hände sind schlank geblieben. Drei Reihen Perlen. Blaßrosa Haar, akkurat onduliert. Obwohl sie das Hotel immer nur in einem geschlossenen Wagen verläßt, sind ihre Lippen aufgesprungen. Sie betupft sich den Mund mit einem Fettstift. Meine Kusine, Emma Hafter Storrow. Vor über dreißig Jahren, nach Kriegsende, als sie schon verwitwet war, schloß sie das Haus an der Commonwealth Avenue, das unglaublich großzügige Hochzeitsgeschenk ihres Schwiegervaters, für das es nun keine Verwendung mehr gab. Ihre Söhne waren gefallen; und weder die Lilien noch die Tu-

berosen im Gewächshaus würden je einen Hoch-
zeitsaltar in der reichen Kirche am Copley Square
schmücken. Am Fluß Charles entlang rasen Autos
auf der Straße, die mit Storrow-Geldern gebaut ist.
Dieses Geld braucht auch keiner mehr. In King of
Prussia blühen die Geschäfte, der Ort wächst
schnell und entstellt die Landschaft ihrer Kinder-
zeit, ein namenloser Fluß aus Bargeld strömt in die
Bank, die ihr Vater, der Richter Maximilian Hafter,
gegründet hat. Die Aktien liegen in ihrem Trust; sie
weiß auf Heller und Pfennig genau, wie reich sie
ist.
Von den Storrows lebt keiner mehr, und außer ihr
gibt es auch keine Hafters mehr. Weil sie die letzte
Nachfahrin des Vaters des Richters ist, kann sie das
Geld vererben, an wen sie will. Durch Erbeinset-
zung. Die Hafters waren Abolitionisten, also wird,
wenn sie nichts verfügt, ein Waisenhaus in Alabama Alleinerbe. Das ist in den Statuten des Trusts
festgelegt. Sie erzählt mir von dem Anwalt der
Bank, der jedes Quartal zu ihr kommt. Da der
graue Star sich verschlimmert hat, verlangt sie, daß
man ihr die Zahlen laut vorliest. Jedesmal, wenn er
ihre »Machtbefugnis« und das Dokument erwähnt,
das sie unterzeichnen muß, falls sie ihre Befugnis
ausüben will, lacht sie in sich hinein. Was hat er
bloß gegen diese verflixten Negerkinder?
Ich klopfe an, und die Tür öffnet sich sofort. Ich
trete ein. Die Gesellschafterin, Mrs. Leahy, in Wirklichkeit eine Krankenpflegerin, bringt mich zu Mrs.

Storrow und zieht sich zurück. Ihr Zimmer liegt hinter Mrs. Storrows Schlafzimmer. Ich klopfe immer zuerst an Mrs. Leahys Tür. Das haben wir so verabredet – Kusine Emma ist noch nie gern aus ihrem Sessel aufgestanden. Mein Name bringt sie zum Lachen: Maximilian Hafter Strong. Der Urenkel des Onkels ihres Vaters, benannt nach ihrem Vater, dem Richter. Warum? Fanden meine Eltern, der Professor für Ackerbau an einem staatlichen College in Rhode Island und seine Frau, die Bibliothekarin, es witzig, einen winzigen Neugeborenen mit einem so gewichtigen Namen zu belasten, oder gefiel ihnen dessen exotischer Beigeschmack, der nach Amazonasforscher klang? Emmas eigene Söhne, Maximilian und Hugh, lebten noch, als dieser Max geboren wurde; die Weihnachtsgrüße, die zu Lebzeiten der Bibliothekarin alljährlich ausgetauscht wurden, waren der einzige Kontakt zwischen den Familien. Mehr wurde weder erwartet noch angestrebt. Am Ende ging die Initiative dann aber von ihr aus: Sie bestellte mich zu sich. Aus purer Langeweile. Wie oft hat sie mir seither die Geschichte erzählt, wie viele Male hat sie die Angelegenheit in ihrem Herzen bewegt?
Obwohl Mittag noch nicht in Sicht ist, mische ich Gin-Tonics in purpurfarbenen venezianischen Gläsern. Sie hat es gern zur Hälfte mit Gin und zur Hälfte mit Schweppes. Auf die Tageszeit kommt es nicht an, sagt sie, hier steht die Sonne immer über dem Mast. Das Silber, die Gläser, das Porzellan ge-

hören ihr, alles stammt aus dem Haus in der Commonwealth Avenue, ebenso wie die Queen Anne und Chippendale Möbel, die Seidenteppiche und die Blumenbilder. Das Krankenhausbett, das Mrs. Leahy mal höher, mal tiefer stellt, ist der einzige Gegenstand, der aus dem Rahmen fällt: eine Akquisition jüngeren Datums, Folge von Kusine Emmas letztem Aufenthalt im Phillips House. Das ist der Schauplatz ihrer Kämpfe gegen den Krebs. Sie hat dabei beide Brüste eingebüßt, und noch ist kein Ende abzusehen.

Die Pfefferminzschokoladenplätzchen stehen neben ihr in der blauen Schale aus Kanton. Sie ißt sie rasch auf und bietet mir das letzte an. Nimm nur, noch bin ich nicht tot. Leahy kann neue kaufen gehen.

Ich lache. Auf der Anrichte habe ich heimlich ein Päckchen abgelegt, das ich ihr jetzt präsentiere. Lindt. Hauchdünne Täfelchen, zartbitter. Kusine Emmas Lieblingsschokolade, bei Cardullo am Harvard Square erstanden. Sie zeigt auf ihre Wange, erwartet meinen Kuß. Noch eine Runde Aperitifs, heute ist Sonntag, da darf man sich verwöhnen. Ich schwindle gekonnt, tue nur so, als gösse ich Gin in mein Glas. Doch das gehört auch zum Ritus. Wie soll ich sonst die Arbeit schaffen, die ich mir für den Nachmittag vorgenommen habe?

Mittagessen. Falsche Schildkrötensuppe, Putenhaschee und Bratäpfel. Mrs. Leahy holt die Piccoloflaschen Champagner aus dem Kühlschrank, dazu Pillen auf einem Silberschälchen. Mrs. Storrow trinkt

Veuve Clicquot, wenn gerade keine Cocktailzeit ist.
Ein Kellner dreht die Korken so zartfühlend, daß
nur ein kleiner Seufzer zu hören ist, wenn sie sich
aus den Flaschen lösen. Er serviert das Essen und
wartet auf einem Stuhl im Korridor, bis meine Kusine klingelt. Wenn sie nicht eigens eingeladen wird,
ißt Mrs. Leahy auf ihrem Zimmer; Mrs. Storrow
kann es kaum ertragen, ihr beim Essen zuzusehen,
die Frau ißt ja so langsam – außerdem mag sie die
Irin nicht am Tisch. Sie betont, daß ich schnell esse,
wie ein Hafter eben. Mehr Champagner. Leahy
muß ihn holen; daß ich im Schlafzimmer herum-
krame, mag sie nämlich nicht. Durch die Star-
trübung hindurch blinzelt sie mir zu. Gedanken
und Fragen bleiben unausgesprochen. Sie schwirren
durch ihr Zimmer wie tote Seelen. Mag sie diesen
entfernten Verwandten? Er ist blond und braunäu-
gig – soweit ein Hafter; aber damit hört die Ähnlichkeit auch schon auf, denn er ist dünn. Die Sehnsucht nach ihren eigenen Söhnen überfällt sie wie
Übelkeit. Sie hört mir zu, als ich von den Sommerferien in Italien erzähle. Como. Belluno. Udine. Die
amerikanische Kolonie im Ausland. Sie sagt nicht:
Warum bist du am Leben geblieben, warum sind sie
nicht später auf die Welt gekommen, so wie du, ein
junger Mann, der nie im Krieg war?
Mr. Storrow und sie mieteten bis zu seinem Tod jeden Sommer ein Haus am Gardasee, vertraut sie
mir an; recht erstaunlich, wenn man bedenkt, daß
Mr. Storrow das Hochseesegeln so sehr geliebt hat.

Die Jungen sprachen Italienisch wie die einheimischen Kinder. Später dann kamen zu viele Erinnerungen auf – und diese Schwarzhemden!

Ich überlege, ob andere reiche Damen damals auch bemerkt haben, daß in Italien und Deutschland nicht alles zum besten stand. Ich stelle aber die Frage nicht. Ich erzähle von Lauras Haus und ihren Weinbergen und von der Genossenschaft, die Weißwein aus den Trauben dieser Gegend keltert. Und von der Galerie erzähle ich auch, die ich nicht gesehen habe.

Kusine Emma möchte wissen, ob ich eine Liebeserklärung gemacht habe. Das ist genau die Formulierung, die sie Jahr für Jahr gewählt hat, wenn sie sich nach dem Stand der Dinge mit Kate erkundigte – der sie nie begegnet ist. Ich denke über Lauras Organe nach und schüttle den Kopf. Als ich mich verabschiede, greift sie in ihre Korsage und gibt mir einen Scheck. Sie hat mir schon manchmal Geld geschenkt, an Weihnachten und an meinem Geburtstag, aber noch nie eine solche Summe. Ich versuche, sie noch einmal zu küssen, aber sie winkt mit der Hand ab. Sie hat ein merkwürdiges Lachen – als wollte ein Baß kichern. Es mußte schon ein fetter Scheck sein, erklärt sie mir, wenn er den Platz ausfüllen soll, den früher der Busen eingenommen hat!

Vielleicht ist das der Augenblick, an dem ihr Plan Gestalt annimmt: Dieser Bursche wird keine Kinder haben, der heiratet nie, oder wenn doch, dann eine alte Frau. Kann ich ihm mein Geld überschreiben und es zugleich im Trust lassen? Erst diesen Max zum Nutznießer machen, andere Verwandte gibt es ja nicht, und danach, wenn meine Vermutung stimmt und keine Hafter-Nachkömmlinge da sind, die Negerkinder erben lassen?

Später erfuhr ich, daß sie am Tag danach mit dem Anwalt der Bank telefonierte.

III

BIS HEUTE EIN HELD in China: Wir saßen beim Bankett im Quan Ju De, dem besten aller auf Ente spezialisierten Restaurants, einem zweistöckigen Entenhospiz eigentlich, hatten alle erkennbaren Teile unseres schwimmfüßigen Freundes durchprobiert und wollten uns gerade auf die Schüsseln köstlich duftender Entensuppe stürzen, die nur so aussah, als sei sie mit Sahne gemacht, da begann mein Freund und Mentor, Dou Lizhen, der Leiter der Rechtsabteilung im Außenministerium, seinen förmlichen Toast. Ich hatte mich inzwischen an solche rhetorischen Pflichtübungen gewöhnt, die vorhersehbar waren wie schlechte Sonette, war sogar schon in der Lage, mich selbst ohne Verlegenheit und Lampenfieber dieser Form zu bedienen. Obwohl sein Englisch nahezu perfekt war, sprach er unseren Tischgenossen zuliebe Chinesisch. Ich war der einzige Ausländer. Nach ein paar Sätzen machte er stets eine Pause, damit Miss Wang, die junge Frau, die mir als Dolmetscherin und Fremdenführerin zugeordnet war, übersetzen konnte. Ich versuchte, die Tonunterschiede auf der Viertonskala der Mandarinsprache zu erfassen, die es erlaubt, durch Tonfärbung Homonyme in unterschiedlichen Bedeutungen zu verwenden. Die meisten Tonvarianten entgingen mir, und so lächelte ich höflich und bescheiden und ließ es mir gutgehen, während die wunderschöne Miss Wang neben Mr. Dou strammstand und in einer Art flottem BBC-Nachrichtensprechertempo immer weiter haspelte, von den Brücken der Freundschaft, die ich durch meine Arbeit am joint-venture-Gesetz geschlagen hatte; von den vielen Malen, die meine chinesischen Freunde und ich noch Hand in Hand über diese Brücken (dabei hätte ich am liebsten geschrien: Schluß mit dieser Metapher, Wang und Dou) und geradewegs durch die offenen Türen des neuen Chinas wandeln würden; von meinem Seminar über Probleme der Vertragsgesetzgebung, das im Geist wechselseitigen Vorteils und mit dem notwendigen Respekt für die vier großen Grundsätze der Modernisierung, die der ganz neue große Vorsitzende Deng ausgesprochen hatte, die Beziehungen zwischen unseren Ländern gefestigt hätte. Normalerweise endete dann der Redner, wenn er diese Generalthemen abgehandelt hatte – es sei denn, daß, in Art einer Koda, noch eine Anekdote über mich folgte; und diesmal hätte ich einen eher persönlichen Ton ganz in Ordnung gefunden. Jedoch nahm die Rede plötzlich eine neue Wendung, die mich aus meiner von etlichen Gläsern mao-tai Wein gestärkten Hol's-der-Teufel-Haltung aufschreckte und zu erhöhter Wachsamkeit zwang: Ich hörte Mr. Dou sagen, Präsident Reagan möge doch nun, nachdem er sich von Hinckleys Kugeln erholt habe (Dou formulierte das mit blumigen Umschreibungen), dem großen amerikanischen Vorsitzenden Nixon die Achtung zollen, die ihm gebühre, und eingehend studieren, wie dieser Führer der Welt Frieden gebracht habe. Ich wußte, daß ich nur Minuten, nachdem er sich gesetzt hatte, aufzuspringen und in meiner Antwort zu eben diesem Thema Stellung zu nehmen hatte – Meinungsverschiedenheiten mit dem Vorredner waren dabei nicht tunlich. Glücklicherweise ließ er sich nicht ausführlicher auf die Sache ein. So war es mir möglich – nachdem ich den Ratetest überstanden hatte, der darin bestand, daß ich bei meiner Runde um den Tisch mit jedem einzelnen meiner Mit-Enten-Esser anstoßen und ihn bei seinem vollen Namen nennen mußte –, ruhig und überzeugt von den engen persönlichen Banden zu sprechen, die zwischen uns entstanden seien, von meiner Begeisterung für die Peking-Ente in all ihren Erscheinungsformen, und von meinem Entschluß, wieder nach China zu kommen, wann immer die »verantwortlichen Autoritäten« dies für richtig hielten – um dann mit einer so eleganten wie unverbindlichen Note zu schließen. Ich trank auf das Kommuniqué von Shanghai, dessen neunter Jahrestag gerade gewesen war. Dann hatte ich noch einen Geistesblitz und erhob mein Glas zu einem Toast auf Harvard. Denn schließlich war es doch wohl Harvard gewesen, das Henry Kissinger, Nixons unglaubwürdigen Sancho Pansa, auf Amerika, Vietnam, Kambodscha und manch anderen interessanten Schauplatz unseres müden Planeten losgelassen hatte.

Nach dem Ende des Banketts saßen im Erdgeschoß des Restaurants nur noch unsere wartenden Fahrer über den Resten einer Chauffeurs-Mahlzeit. Das private Eßzimmer, das man uns zur Verfügung gestellt hatte, war fensterlos gewesen; so hatten wir den Himmel über Peking nicht dunkel werden sehen. Jetzt standen wir auf dem Bürgersteig neben der schwarzen Autokarawane und schüttelten Hände, umgeben von der platzgreifenden, unheimlichen Stille dieser Stadt, die nur gedämpfte menschliche Stimmen und vereinzelte Fahrradklingeln unterbrachen. Das gelbe Licht, das in Rechtecken durch die Fenster und die Tür des Lokals schimmerte, weckte unbestimmte Sehnsüchte. Miss Wang und ein älterer Verwaltungsbeamter von unklarem Rang halfen mir in den mir zugeteilten Wagen und stiegen dann selbst ein, um mich zum Hotel zu begleiten. Ich hatte inzwischen begriffen, daß diese höfliche Geste, die jeden Abend wiederholt wurde – immer brachten mich Leute, die mir beim Essen Gesellschaft geleistet hatten, ins Hotel –, sehr praktisch war: Nachdem man mich abgesetzt hatte, fuhr der Fahrer meine Begleiter dorthin, wo sie wohnten, wahrscheinlich meilenweit entfernt am äußersten Rand der endlosen Vororte von Peking.

Der nächste Tag war ein Samstag; offiziell hörte die Arbeit um zwölf Uhr mittags auf oder vielleicht auch – dieses besondere Geheimnis hatte ich nicht gelüftet – zu Beginn der sakrosankten Ruhezeit vor

dem Mittagessen. Aber ich hatte bald gemerkt, daß
es unnütz und vielleicht sogar ärgerlich für meine
Beamten-Klientel war, wenn ich versuchte, an
Samstagvormittagen noch mein Seminar zu halten.
Folglich genoß ich ein langes Wochenende westlicher Art, schlief in den Tag hinein – zum Ausgleich
für die unmenschlich frühe Morgenstunde, zu der
ich, dem ortsüblichen Brauch entsprechend, mein
Seminar anfangen mußte – und nahm mir ausführlich Zeit für die Verbotene Stadt. Dort war ich
glücklich; meine Gastgeber fanden meine Vorliebe
erheiternd. Sie gaben es, widerstrebend, aber ein-
sichtig, auf, Besichtigungen von Kugellagerfabri-
ken, Modellschulen und Unternehmen zur indu-
striellen Herstellung von Pferdchen aus der Tang
Dynastie oder von Volkskunst für mich zu organisieren. Meine Wahl zu respektieren, bedeutete aber
nicht, daß ich mich ohne Aufsicht bewegen durfte.
Miss Wang begleitete mich zum Kaiserlichen Palast
und war dabei, wenn ich, was ich gern machte, am
Ende des Nachmittags im Moslemviertel südlich
des Tiananmen Platzes spazierenging. Wenn mir
nach Schuleschwänzen und Alleinsein zumute war,
schützte ich vor, daß ich unbedingt mein Seminar
vorbereiten, also im Hotel bleiben müsse. Dann fla-
nierte ich schuldbewußt, aber unternehmungslustig
den Chang An Boulevard in westlicher Richtung
entlang und kam mir ziemlich gerissen vor; wie von
Zauberhand teilte sich die blaugekleidete, emsig
weiterstrebende Menge vor mir, so daß ich durch

sie hindurchschritt wie das Volk Israel durchs Rote
Meer.

In der Öffentlichkeit und auch in Gedanken nannte
ich sie Miss Wang. Wenn wir aber allein waren, benutzte ich ihren Vornamen, Jun Jun, weil sie das
selbst für freundlicher hielt. Und ich war weit davon entfernt, ihre Gegenwart unangenehm zu finden, auch wenn ich gelegentlich in einem Anfall
von Rebellion die Einsamkeit suchte. Die Mao-
Kleidung war in China für Männer und Frauen immer noch *de rigueur*, ebenso der Verzicht auf jedes
Make-up. Über dem Mao-Anzug wurde fast immer
eine grüne Feldjacke oder ein Armeemantel ohne
militärische Rangabzeichen getragen. Miss Wang
war allerdings stolze Besitzerin eines weinroten Ski-
Parkas, den sie in Kanada anläßlich ihres Besuches
als Dolmetscherin einer Handelsmission gekauft
hatte. Sie trug dieses hochmodische Objekt voll
Stolz und ständig, obwohl das Wetter inzwischen
milde geworden war. Die Formen ihres Körpers
konnte man unter dem ausladenden Parka und dem
weiten flatternden blauen Anzug nicht ausmachen;
so war ich fast ganz auf Spekulationen und meine
angeregte Phantasie angewiesen. In meiner Vorstellung war sie wunderbar schlank, aber nicht kno-
chig, hatte nur dunkle Aureolen an der Stelle, wo
die Brüste sein mußten, und gar keine Hüften. Ihre
Beine, hoffte ich, waren gut geformt und paßten
dementsprechend zu den hübschen schwarzbe-
schuhten Füßen, die neben mir herliefen. Sie war

ziemlich klein – sie reichte mir knapp über die Ellenbogen – und sie hatte den Gesichtsausdruck eines unverdorbenen Kindes, das sich ertappt fühlt und nicht weiß, ob es lachen oder schmollen soll. Manchmal, wenn ich sie auf einen Wasserspeier auf einem Palastdach aufmerksam machen wollte, mußte ich sie einfach an ihren Zöpfchen ziehen. Zuerst hielt ich es für keinen guten Schachzug des Ministeriums, mir eine solche Dolmetscherin-Fremdenführerin zu geben, und fragte mich, ob darin nicht ein bewußter Versuch zur Provokation liege, geleitet von dem Hintergedanken, daß man, falls ich ihren Reizen erläge, dieses Faktum zur möglichen späteren Weiterverwendung aufbewahren könne. Allmählich kam ich aber zu dem Schluß, daß diese Annahme absurd war; keiner hatte ein Interesse daran, mich in Verlegenheit zu bringen, solange die Arbeit, die ich leistete, von den Chinesen so dringend gebraucht wurde. Wie auch immer, ich war entschlossen, den sicheren Boden eines guten kameradschaftlichen Verhältnisses mit Miss Wang nicht zu verlassen; die Zärtlichkeiten, die ich mir heftig wünschte und vorstellte, hob ich mir für einsame Meditationen in meinem Hotelzimmer und für die Zeit auf, wenn ihr Traum, in Amerika Jura zu studieren, sich auf wunderbare Weise erfüllt haben mochte.

Wir verabschiedeten uns an der Auffahrt des Hotels Peking. Sie versprach, am nächsten Morgen zu unserer üblichen Palastbesichtigung wiederzukommen. Diesmal hatte ich nichts dagegen einzuwenden.

Mr. Dou war mit dem Hotelmanager verwandt, und diesem glücklichen Zufall verdankte ich es, daß ich im festungsartigen Hauptteil des Hotels wohnte, der schon lange vor dem Zweiten Weltkrieg gebaut worden war, und nicht in einem der scheußlichen Anbauten, von denen der erste mit russischer Hilfe und nach sowjetischem Vorbild errichtet und der zweite, noch geschmacklosere, mit kanadischen Geldern finanziert war. Das hieß, ich bewohnte ein Zimmer von großbürgerlicher Geräumigkeit und verfügte über ein Bad mit großzügiger, altmodischer Ausstattung. Viele andere Zimmer und Suiten in diesem Teil des Hotels wurden von Schweizer und deutschen Banken und bekannten Industrieunternehmen als Repräsentationsbüros genutzt; in meinem Stockwerk hatten mehrere amerikanische Anwaltssozietäten in Erwartung der Kunden, die aus dem frisch bereiteten Boden des neuen Kapitalismus hervorsprießen sollten, ihre kombinierten Wohn- und Arbeitsräume eingerichtet. Daß ich im Hotel Peking residierte, statt im schmuddeligen Haus der Freundschaft, wo ich mich wohl in der Gesellschaft anderer Gastprofessoren, osteuropäischer Ingenieure und japanischer Geschäftsleute befunden hätte, war aber in erster Linie auf etwas anderes zurückzuführen: Meine persönlichen Lebensumstände hatten sich so verändert, daß ich dem Außenministerium mitteilen konnte, ich brauchte kein Stipendium, würde sogar meine Reise- und Lebenshaltungskosten aus eigener Tasche bezahlen, wenn man mir nur einen Wagen mit Fahrer zur Verfügung stellte und mir die Möglichkeit verschaffte, eine angenehme Unterkunft zu mieten. Meine Kusine Emma war im Jahr zuvor gestorben, von einem Schlaganfall dahingerafft und nicht, wie sie befürchtet hatte, an Krebs. Und gegen alle Erwartung und Wahrscheinlichkeit – sie hatte keinerlei Andeutung gemacht, und mir war nie in den Kopf gekommen, daß ich mehr als ein paar tausend Dollar von ihr erben könnte – hinterließ sie mir ihr beträchtliches Vermögen. Aus einem Juraprofessor, der von der Hand in den Mund leben mußte, war ich auf wundersame Weise in einen potentiell reichen Mann verwandelt worden. Potentiell, weil der Wohltätigkeitsverein, der diesen Batzen Geld empfangen hätte, wenn es meiner Kusine nicht eingefallen wäre, ihn und mich zu überraschen, beschloß, das Testament anzufechten. Ich war überzeugt, daß das ein frivoles Unterfangen war, und die Vermögensverwalter teilten diese Überzeugung; sie hatten bereits, ohne den Ausgang des Prozesses abzuwarten, mit der Zahlung von Geldern an mich begonnen, die meinen Lebensstandard gewaltig anhoben.

Am nächsten Morgen stand ich mit Miss Wang in einem der verlassenen östlichen Gartenhöfe der Verbotenen Stadt – schüchtern breitete sich dort

Gras auf den mit glasierten Ziegeln gedeckten Dächern einzelner Paläste aus, was jahrzehntelange Vernachlässigung anzeigte – und besprach nun ganz ernsthaft mit ihr, was zu tun war, damit sie in einem Förderungsprogramm der Harvard Law School unterkam. Paradoxerweise war das am aussichtsreichsten, wenn sie sich um ein Graduiertenstipendium bewarb; Grundlage ihrer Bewerbung konnten eigentlich nur ihre guten Absichten sein und die unbestreitbare Tatsache, daß kein Mensch ihrer Generation je eine konventionelle Ausbildung bekommen hatte. Dafür hatte die Kulturrevolution gesorgt. Wenn sie sich dann bewährte – ihre Intelligenz und ihr Englisch waren so gut, daß ich ganz optimistisch war –, konnte man auf die Zulassung zum normalen Studiengang hoffen, aus dem sie dann nach angemessener Zeit als amerikanische Juristin hervorgehen würde. Sie benötigte die Erlaubnis, China zu verlassen, und mußte nachdrückliche Befürwortungen des Ministeriums vorweisen können, denn die Abteilung für fernöstliche Studien an der Law School war sehr deutlich an guten Beziehungen zu China interessiert. Man würde beweisen müssen, daß sie linientreu war und willig in den eingefahrenen Gleisen der chinesischen Bürokratie weiterlaufen würde, wenn man sie nach Hause zurückriefe. Mit der Frage der Finanzierung konnten wir uns später befassen. Ich versicherte ihr, daß dies Problem meiner Meinung nach lösbar sei: Die Law School vergebe Stipendien, und außerdem bestehe die Möglichkeit, Geld aus einer Stiftung zu bekommen. Eine nachdrückliche Empfehlung von mir könne auch nichts schaden, und darauf dürfe sie zählen. Weil ich fand, daß sie den Plan der Reise nach Amerika zu ihrer Sache machen mußte, achtete ich darauf, sie nicht merken zu lassen, daß ich im Falle eines finanziellen Engpasses für ihre Studiengebühren eventuell selbst aufkommen würde. Die überwältigend melodiöse Schönheit des Ortes, an dem wir uns befanden, die Vielfalt seiner Farben und Formen, die in immer neuen Kombinationen eine Fülle von Variationen zeigten, dazu seine verrückte und tragische Geschichte weckten in mir eine Art übersteigerter Sympathie: Ich war vor Dankbarkeit den Tränen nahe. Wofür genau ich so dankbar war, das weiß ich nicht. Vielleicht war es einfach ein Glücksgefühl, an diesem Ort sein zu können. Denkbar wäre auch, daß ich, gerührt von meiner eigenen Fähigkeit zu so tiefer Empfindung, mich zusätzlich bewegen ließ. Wie immer sich das erklären mag: Ich reagierte stark auf Miss Wangs vor Glück gerötetes Gesicht. Sie liebte den Kaiserlichen Palast und die Erinnerungen an Ereignisse, die mit ihm verbunden waren – man muß sagen, daß sie von seinen Besonderheiten und seiner Geschichte mehr wußte als alle anderen Chinesen, mit denen ich hier gewesen war, und daß sie sich kaum eine der falschen Auskünfte aneignete, von denen es in den vereinfachten Reise- und Kunstführern nur so wimmelte und die in den offiziellen Informationsschriften so dümmlich wiederholt wurden. Im Augenblick eilten ihre Gedanken voraus in jenes Land, auf das sie sich während der Jahre ihres Studiums am Institut für Fremdsprachen mehr oder weniger unbeabsichtigt vorbereitet hatte. Nun würde sie endlich alle die auswendig gelernten Redewendungen selbst benutzen können, die die munteren, optimistischen Studenten in ihren Lehrbüchern immer im Munde führten. Einen winzigen Vorgeschmack auf die ganze Großartigkeit dieser Erfahrung hatte sie bekommen, als sie ein einziges Mal eine Abordnung von komisch gekleideten Vertretern der Handelsmission, die ständig lächelnd – aber todernst – ihre Goldzähne bleckten, nach Ottawa und Toronto begleitet hatte. Sie umarmte mich, und gerade wollte ich sie auf beide Wangen küssen, dort wo die Röte am heftigsten leuchtete, als ich hinter mir eine mir wohlbekannte Stimme hörte: die Stimme von Charlie Swan.

Das hier sind kaiserliche Farben, mein Lieber, sagte er soeben, nur die Söhne des Himmels hatten ein Recht auf solche Gelb-, Grün- und Blautöne und das kräftige Zinnoberrot. Deshalb sieht Peking überall sonst grau aus: Es trägt den farblosen Kittel der Demut, wie die puritanischen Jungfern, die meine Großtanten und Kusinen waren. Sieh dir die Drachen und Seeungeheuer außen an den Gesimsen an: Sie sollten böse Geister abschrecken. Dieselben Schutzpatrone sind dir schon einmal begegnet, als Flachreliefs auf den schräg gestellten Marmortafeln, die von den Höfen zu jedem Palast führen, den der Kaiser betreten konnte, diesen hier zum Beispiel. Seine Sänfte schwebte dann über sozusagen gereinigtem Boden, die Träger benutzten die Stufen, die diese Rampe flankieren.

Zunächst spielte ich mit dem Gedanken, Miss Wang weiter zu umarmen und mein Gesicht an ihrer Parka-Schulter zu verbergen, bis er an uns vorbeigegangen war, aber dann siegte meine Neugier. Ich sah in seine Richtung. Er wirkte noch gewichtiger und größer als in Italien, wo ich ihn zuletzt gesehen hatte, und trug der Jahreszeit entsprechend einen Tweedanzug, dessen Erika-Farbtöne so ausgesucht delikat waren, als hätten alte Weberinnen auf der Isle of Wight den Stoff eigens für ihn gefertigt — aber im übrigen war er unverändert. Er hielt einen wunderschönen blonden jungen Mann am Arm. Es war Toby, der verspielte Eros von der Rumorosa.

Max, du alter Schnüffler, dröhnte die Stimme, die durch mich vom architekturgeschichtlichen Vortrag abgelenkt war, welche meiner Beschwörungsformeln hat dich ausgerechnet hierher gebracht, hat mir der Verzögerungseffekt einen Schabernack gespielt? Alle meine Einladungen abgelehnt, Besuchsangebote ignoriert, und hier tauchst du auf, ausgerechnet hier, an dem einzigen Ort, an dem Toby und ich keine Störung unserer Zweisamkeit erwartet hätten. Oder soll ich sagen: Wie du mir, so ich dir? Wir ertappen dich ja in einer ganz schön pikanten Situation mit dieser jungen Dame.

Er lachte ausgiebig über seinen Witz.

Nur die spontane Freude eines Pädagogen, Charlie, mehr nicht. Ich gratulierte Miss Wang zu der Reiseroute in ihre Zukunft als Jurastudentin, die wir gerade ausgetüftelt haben. Sie ist Studentin in dem Seminar, das ich hier halte, die beste Übersetzerin in China ist sie zudem, und eine echte Freundin.

Ich glaubte nicht, daß Charlie abschätzen konnte, welche Folgen seine Witzelei über die »pikante Beziehung« zwischen dem armen Kind und einem Gast der chinesischen Regierung, dem sie als Reiseführerin zugeteilt war, haben konnte, auch wenn er uns nur in dieser menschenleeren Ecke des Kaiserlichen Palastes beobachtet hatte; das Risiko für sie war ungleich viel höher als der Erkenntniswert, den das überraschende Auftreten von Toby und Charlie für mich hatte: Ich verstand, welcher Art seine Gefühle für Toby waren. Inzwischen denke ich, daß meine gewohnheitsmäßige Vorsicht übertrieben war, aber damals war ich fest davon überzeugt, daß in China nichts unbeobachtet und unregistriert blieb, was ausländische »Freunde« betraf. Ich nahm mir vor, Charlie unbedingt zu ermahnen, keine Scherze mehr über mich und Miss Wang zu machen, falls wir uns wieder begegneten, und seine chinesischen Bekannten nicht mit Anekdoten über das Zusammentreffen zu amüsieren; auch ohne Namensnennung konnten sie verfänglich sein.

Der Gegenstand meiner Sorge schien durch die Unterhaltung überhaupt nicht beunruhigt, im Gegen-

teil, sie war offenbar froh über die Begegnung mit
diesen beiden Männern, von denen einer ungefähr
in ihrem Alter war. Sie sah mich von der Seite an,
als wolle sie prüfen, ob ich etwas einzuwenden
habe, und schlug dann vor, daß wir unsere Besichti-
gungstour zusammen fortsetzten.

Wunderbar! rief Charlie. Gehen wir doch zu den
Eunuchenhäusern. Die sind sehenswert. Toby wird
sich amüsieren.

Ich wendete vorsichtig ein, daß die Häuser am dia-
gonal entgegengesetzten Ende der Verbotenen Stadt
lägen, und bis wir, dort angekommen, alles besichtigt hätten und wieder zum Östlichen Tor zurück-
gewandert wären, an dem der Fahrer nach Miss
Wangs Anordnung auf uns wartete, wäre der arme
Mann in Panik und die Hotelküche geschlossen.
Und ich wüßte nicht, wo wir sonst etwas zum Essen
bekommen könnten. Charlie wischte meine Ein-
wände mit einer Handbewegung beiseite, sagte,
sein Auto warte am Kohlenhügel, nur wenige Minuten von dem Ziel, das er vorgeschlagen hatte.
Wir hätten mehr als genug Zeit, meinen Fahrer zu
erlösen und zum Essen zu gehen. Es stellte sich heraus, daß er und Toby auch im Hotel Peking wohnten. Also machten wir uns auf den Weg, kamen an
den großen Hallen für zeremonielle Empfänge und
dem sehr kleinen Palast vorbei, in dem die Kaiser
tatsächlich gelebt hatten, und gingen weiter zu den
Palästen mit den Wohngemächern der Kaiserin, der
Konkubinen und der Eunuchen. Charlie kannte

sich sehr gut aus und hatte das Auge eines Fachmanns für perspektivische Tricks, für Ausblicke, die sich plötzlich durch eine mondförmige Maueröffnung boten, und für die Effekte gelegentlicher Asymmetrie in diesen wunderbar rhythmischen Anordnungen von Gebäuden und offenen Zwischenräumen. Die Lektion für Toby, bei der wir ihn unterbrochen hatten, nahm er mit Verve wieder auf – daß er nun die Gelegenheit hatte, eine größere Zuhörerschaft anzusprechen, mag ihn dabei beflügelt haben –, manchmal zupfte er den Jungen am Ärmel, wenn er fürchtete, daß dessen Aufmerksamkeit nachließ, manchmal packte er ihn am Ohrläppchen und drehte ihm den Kopf in die Richtung eines Medaillons oder des architektonischen Details, das Toby ansehen sollte.

Dann waren wir am Ziel, dem melancholischen Wohnsitz der Eunuchen: vier niedrige Gebäude, die Zellen mit gewölbten Decken enthielten, rahmten einen quadratischen Marmorhof ein. Die Türen öffneten sich zum Hof. Von der Balustrade der benachbarten Terrasse aus sah man hinunter auf die farblosen Dächer. Die Anlage hätte auch als Stall dienen können. Eine geisterhafte Gegenwart – an diesem Ort schienen mir die Erinnerungen an eine versunkene Welt am zähesten zu haften, beinahe spürbar, als ob die stehende Luft noch immer von einem beißenden Geruch gesättigt sei.

Hier hat sich die Ordnung der Gesellschaft umgekehrt, belehrte uns Charlie: Die Perversität ihrer

Struktur wird euch unterhalten und belehren. Männerbündelei gab es nicht. Der Kaiser lebte mit seinen Söhnen und Frauen allein im Kaiserlichen Palast, und die Söhne blieben dort nur, solange sie Kleinkinder waren. Danach wurden sie aus der Verbotenen Stadt fortgebracht, bis der zum Thronfolger erkorene Sohn zurückkam und den Pfauenthron bestieg. Das war eine Vorsichtsmaßnahme aus Angst vor Mordanschlägen: Wo zwei Männer aufeinandertreffen, wird der eine versuchen, den anderen umzubringen. Diese Angst war auch der Grund dafür, daß der Name des Thronerben geheimgehalten wurde: Wußte man nämlich, wer Thronfolger werden würde, bestand die Gefahr, daß neidische Brüder oder deren Mütter einen Mordanschlag auf ihn verübten. Also lebten in den Mauern dieser Enklave nur die Frauen des Kaisers, Gattinnen, Konkubinen, Dienerinnen und – Eunuchen natürlich: Männer, die keine mehr waren. Die Frauen, die der Kaiser vögelte, trugen jede ein Elfenbeinschildchen, auf dem ihr Name eingraviert war. Wie deine Backgammonsteine! Abends präsentierte ein Obereunuch dem Kaiser alle diese Schildchen, und er suchte sich eines aus. Dann ging der Eunuch in das Gemach der Frau, zog sie nackt aus, damit sie nirgendwo ein Messer oder eine Phiole mit Gift verstecken konnte, wickelte sie in eine Decke und lieferte sie am kaiserlichen Bett ab.
Warum eigentlich nur eine pro Nacht, Miss Wang? unterbrach er sich plötzlich. Warum nicht viele?

Schließlich sagt man doch, daß sie fast nie kamen, Sie wissen, was ich meine, sie ejakulierten nicht; alles, was sie wollten, war, ihr Glied so ausgiebig wie möglich in den Säften einer Frau zu baden. Die Säfte durch den harten Phallus hindurch zu absorbieren. Säfte bringen Gesundheit und ein langes Leben, wie Vitamine. Wissen Sie, warum? Ich kann mich irren: Vielleicht brachten die Eunuchen jede Nacht eine Frau nach der anderen!

Es tut mir sehr leid, aber in den Kunstführern, die ich gelesen habe, steht darüber nichts.

Nachdem sie diese Standardantwort gegeben hatte, die eine gutausgebildete Fremdenführerin auf die meisten Fragen zur chinesischen Geschichte vor der Befreiung bereithält, kicherte Miss Wang hemmungslos.

Seltsam, was Kunstführer alles auslassen, Miss Wang. Und wie steht man gegenwärtig zur Frage der Frauensäfte? Wissen Sie das?

Nun kicherte auch Toby; außerdem war er rot wie eine Tomate geworden. Und ich hätte gern gewußt, ob meine Begegnungen mit Charlie denn zwangsläufig dazu führten, daß ich mit dem Gedanken spielte, ihm den Schädel einzuschlagen.

Ich hätte mir keine Sorgen machen müssen – Miss Wang konnte sich selbst helfen. Das ist kein Thema, Mr. Swan, antwortete sie, in China ist Familienplanung obligatorisch, das wissen Sie wahrscheinlich, und chinesische Männer benutzen Präservative, das ist Vorschrift.

Ganz richtig, darauf hätte ich selbst kommen können. Das wäre ein guter Grund, die Pille zu nehmen. Aber wir müssen mit unseren Eunuchen fortfahren. Das waren nämlich Freiwillige, Toby, oft Ehemänner und Familienväter. Ich weiß nicht, ob die Konkurrenz bei der Bewerbung um diesen Posten so heftig war wie bei anderen Ämtern in China. Männer, die sich bewarben und das Glück hatten, genommen zu werden, setzten sich auf einen Hocker, oder besser eine *chaise percée*, und irgendwo unter ihnen machte einer Schnipp-Schnapp. Die Hoden wurden auf ein Regal gestellt, jedes Paar in ein Gefäß für sich, auf das man den Namen des Eigentümers schrieb. So war gesichert, daß die Eunuchen mit ihren Hoden zusammen beerdigt werden konnten, also in vollständigem Zustand, was für die Chinesen wohl von entscheidender Bedeutung ist, stimmt's, Miss Wang?
Charlie hatte nicht bemerkt, daß ihm der einheimische Teil seines Publikums verlorengegangen war. Miss Wang hatte sich offenkundig entschlossen, uns vorauszugehen. Er hob die Augenbrauen, leicht enttäuscht, wie es aussah, und redete weiter:
Der Aberglaube führte zu einer komischen Szene, als der letzte Kaiser floh und dieses Etablissement dann geschlossen wurde. Die alten Eunuchen zogen alle aus, in einer Hand einen Koffer voll Pyjamas, in der anderen das Glas mit den Eiern. Ein dickes Ei!
Was, sagte Toby, soll an dem Quatsch mit den Ei-

ern eigentlich unterhaltsam oder instruktiv für mich sein? Widerwärtig ist das, von Anfang bis Ende.

Darum geht's doch, Baby, genau darum. Eine Frau ist ein Loch voll Saft, der fischig riecht, sobald er mit Luft in Berührung kommt. Glück, Zusammengehörigkeit, das sind Gefühle, die man nicht auf dem Kult eines Lochs aufbauen kann.

Und dann breitete Charlie die Arme weit aus und rief in den leeren Raum:

...nur bis zum Gürtel

Sind sie den Göttern eigen: jenseits alles

Gehört den Teufeln, dort ist Hölle, Nacht,

Der Schwefelpfuhl und Brennen, Sieden, Pestgeruch,

Verwesung – pfui, pfui, pfui! Pah! Pah!

Er sah in die Runde, sehr zufrieden, daß sein Gedächtnis ihn nicht im Stich gelassen hatte, und wiederholte genüßlich: Pfui, pfui, pfui! Pah! Pah!

Danach aßen wir alle zusammen in dem Restaurant in meinem Flügel des Hotels zu Mittag. Das Essen dort war sehr ordentlich; akzeptiert wurden bar zahlende Kunden und Staatsgäste, deren Geldgeber sich einen Ruck gegeben und tief in die Tasche gegriffen hatten, um sie trotz des höheren Preises dort eintragen zu lassen und ihnen nicht den schmuddeligen Abfütterungsplatz in dem kanadischen Anbau zuzumuten. Ich war als Essensgast eingetragen; und dazu hatte ich noch, auf Miss Wangs Rat, gleich nach meiner Ankunft der Geschäftsführerin, einer jungen Frau, die groß und schlank war, also wahr-

scheinlich aus dem Norden Chinas stammte, einen
seidenen Schal mit Blumenmuster geschenkt. Diese
einfache Geste hatte mich zu einem Gast von sol-
cher Bedeutung gemacht, daß ich geradezu auf einem Podest stand; ich war noch nie so bevorzugt
behandelt worden, weder bei Cronin noch im Fa-
culty-Club – deshalb aß ich jetzt im Hotel Peking
genauso gern wie in diesen beiden Örtlichkeiten.
Als Charlie mitbekam, wie ausgezeichnet ich empfangen wurde, und als ich ihn mit der Mitteilung
überraschte, daß ich im alten Teil des Hotels
wohnte – er gab säuerlich zu, daß er und Toby in
dem russischen Schreckensbau abgestiegen waren
und mit Küchenschaben und Dreißig-Watt-Birnen
auskommen mußten –, da war er eine kleine Weile
verlegen und wußte nicht, wie er mich gönnerhaft
behandeln konnte. Diese Atempause nutzte ich
weidlich aus. Das Essen kam in einer Flut von
Schüsseln, die eilends auf den Tisch geknallt wurden; Charlie hatte uns dazu verleitet, viel zu viel zu
bestellen. Miss Wang hätte ihre Stäbchen vorsichtig
wie ein Chirurg, der eine Wunde untersucht, in die
verschiedenen Gefäße getaucht und Seegurken, Nu-
deln und alles, was besonders glitschig war, zierlich
auf unsere Teller transportiert, ohne unterwegs einen einzigen Tropfen Soße zu verlieren, aber Charlie mußte die Rolle des *pater familias* übernehmen
und ließ ihre Hilfe nicht zu. Er teilte Essen aus und
verwandelte das Tischtuch dabei schnell in ein dü-
steres, bräunliches Jackson-Pollock-Bild; am dick-

sten war die Farbe in der Umgebung seines Tellers
aufgetragen. Wieder stopfte er sich das Essen, vor
allem den Reis, mit den Fingern in den Mund. Ich
sah weg und fragte Toby, der, seit wir die Verbotene Stadt verlassen hatten, sehr einsilbig geworden
war, ob er schon seinen Collegeabschluß habe.
Ich bin gar nicht erst hingegangen.
Und was hast du inzwischen gemacht?
Ich habe für Charlies Büro in New York an einem
Entwurf gearbeitet.
Oh.
Bei der Antwort wurde mir kalt. Sie ging mir nicht
aus dem Kopf, weder während des Essens, das erst
ein Ende nahm, als die Kellner, die schließen wollten, sich stumm wartend im Kreis um unseren Tisch
versammelten, noch während Miss Wang und ich
von der Dongsi Moschee aus durch die Straßen liefen, die in einen Irrgarten von *hutons* endeten – ein
Stück der Stadt, das den Eifer der Kulturrevolution
überlebt hatte –, unterwegs in verborgene, abwei-
sende Höfe schauten und ab und zu ein geschnitztes
Tor oder ein drachenverziertes Dach bewunderten.
Auch danach, als ich mich in meinem Zimmer aus-
ruhte, mußte ich daran denken. Charlie und Toby
hatten uns auf unserem Gang nicht begleiten können, weil Charlie noch einmal einige Zeichnungen
ansehen mußte. Er bereitete eine Präsentation für
seine Klienten vor, unglaublich reiche Übersee-Chi-
nesen, die den Bau eines Luxushotels am Stadtrand
von Peking planten. Sie waren es, die ihn nach

China eingeladen hatten. Vor dem Abendessen wollten wir aber noch etwas zusammen trinken, Charlie, Toby und ich.

Ich wartete unten auf die beiden in dem Teil der Eingangshalle, der auch als Bar fungierte. Alle einigermaßen profilierten Fremden, die es in die Stadt verschlug – Geschäftsleute, Journalisten, Regierungsvertreter, Weltverbesserer von meinem Schlage und dann und wann ein exzentrischer Tourist –, machten hier Station; hier fand sich auch eine Vielzahl der chinesischen Nomenklatura ein sowie die *jeunesse dorée*, die sich in Peking herauszubilden begann: Kinder hoher Beamter, angetan mit ein, zwei Kleidungsstücken, die nicht mit dem vorgeschriebenen proletarischen Habit konform gingen und manchmal ausgesprochen teuer aussahen. Cowboystiefel, Trenchcoats mit Gürtel, Pullover, die direkt aus der Auslage einer teuren Boutique stammen konnten; die jungen Leute trugen diese Sachen wie Erkennungsmarken. Doch den Hintergrund für diese exotischen Wesen bildete eine weniger interessante Fauna. Sie bestand aus Leuten aus dem Westen, deren Hauptbeschäftigung das Warten war: Sie flegelten sich in grünen oder braunen Plüschsesseln aus den dreißiger Jahren, streckten die Beine oder wenigstens die Füße so weit von sich, daß sie den Vorbeigehenden im Weg waren, hatten Bierflaschen, Erdnußbüchsen und Aschenbecher voller Kippen auf den Kaffeetischchen neben sich stehen – und nichts zu tun. Lauter Männer. Übergewichtig, Bäuche, die über die Hosengürtel quollen. Ingenieure und Kaufleute. Sie warteten darauf, daß das Restaurant öffnete, daß die Bar schloß, daß der Ministerialbeamte kam, mit dem sie dort verabredet waren oder von dem sie abgeholt werden sollten, sie warteten auf einen Anruf aus Hongkong oder auf die richtige Zeit zum Schlafengehen. (Nur, welche Regeln bestimmten eigentlich die »richtige« Zeit?) Vier Monate lang ging ich in diesem Hotel ein und aus, aber ich kann mich nicht erinnern, daß ich während dieser Zeit auch nur eine dieser untätigen Gestalten mit einem Buch gesehen hätte. Pornozeitschriften waren in China verboten. Ich vermute, die Leute erledigten das Lesen im Bett.

Charlie tauchte allein auf.

Il fanciullo ist indisponiert, sagte er, Kopfweh; kann eine Grippe sein. Jedenfalls hat er beschlossen, im Zimmer zu bleiben. Wir müssen hier zehn Tage ausharren, laß uns also zum Heiligen Antonius von Padua beten, daß es bloß Kopfweh ist. Der Mensch von der Botschaft, der uns am Flughafen abgeholt hat, behauptet, das Hospital für Ausländer sei das reinste Leichenschauhaus. Freundschaftshospital! Wenn doch bloß irgendwas hier offen unfreundlich wäre!

Ich bot an, ihm einen Martini zu mixen – aus meinem Privatvorrat an Gin und Wermut. Ich hatte schon einen zu mir genommen, deshalb war mir mehr als sonst »offen unfreundlich« zumute. Jedenfalls war ich es leid, daß immer Charlie das Gesprächsthema bestimmte und beherrschte. Deshalb drückte ich ihm nur die Mixtur in die Hand, die ich zusammengebraut hatte – wir tranken aus Wassergläsern – und holte sofort zum Schlag aus: Meinst du nicht, daß er bloß über unser Zusammentreffen hier verärgert ist und deine Lektion über Smegma und Eunuchentestikel abstoßend fand? Vielleicht mag er mich heute nicht noch einmal sehen.

Offenbar war Charlie von meinem Versuch, nicht wie üblich vorsichtige Umschreibungen zu verwenden, überhaupt nicht beeindruckt. Er rührte mit dem Mittelfinger in seinem Martini herum, trank ihn aus und machte sich einen zweiten. Mir fiel ein, daß er dieses Getränk sehr schätzte, und ich war etwas besorgt, ob der Gin reichen würde, den ich aus meinem Zimmer mitgebracht hatte.

Du meinst, Toby ist es peinlich, daß du uns auf die Schliche gekommen bist, und daß er sich deshalb verkriecht? fragte er und grinste breit. Zu schade, daß du den Unnahbaren gespielt hast – nein, so meine ich das nicht, du Arsch, oh, solche Worte sollte ein Schwuler nicht in den Mund nehmen –, ich wollte sagen: Wenn du mich ab und zu besucht hättest, dann hätte ich dir ein Stück Welt zeigen können, das außerhalb von Cambridge liegt. Andererseits kannst du auch in Cambridge alles lernen, was du wissen mußt, ich meine, die Dinge, die man nicht in der Law School unterrichtet und die du auch nirgendwo in Rhode Island, wo deine Mammi dich behütet und erzogen hat, erfahren durftest. Alles, was du brauchst, ist ein Mentor wie ich. Toby läßt das kalt. In New York ist Toby ein ganz heißer Tip. Peinlich ist die Sache doch nur dir, Baby. Und weißt du auch, warum? Weil du nicht weißt, wie man mit einem Schwulen umgeht. Vielleicht hast du ja auch ein klitzekleines bißchen Angst. Schließlich bist du in deinem Alter noch immer unverheiratet, ein Intellektueller und Teilzeit-Ästhet dazu. Alles typische Homo-Merkmale! Stell dir vor, einer deiner Bekannten, der weiß, was mit mir los ist, oder der einen Schwulen erkennen kann, sieht uns zusammen – oder dich und den Jungen. Was wird der denken? Schlimm, schlimm! Oder stell dir vor, jetzt da ich weiß, daß du weißt, versuche ich bei dir zu landen. Oder noch besser: Der entzückende Toby macht einen Annäherungsversuch – hast du daran schon gedacht? Und stell dir vor, am Ende gefällt dir das. Was dann? Ein Riesenhaufen emotionaler *merde* für den achtbaren, leicht hellseherischen Juraprofessor! Eine Explosion! Rauskatapultiert aus dem Versteck, und dabei hat er nicht mal gewußt, daß er in einem saß. Mir ist das auch etwas peinlich, aber nur deinetwegen, denn ich kann zwar Narren ertragen, aber gern ertrage ich sie nicht. Was soll ich machen, ich mag dich eben, Baby. Keine Sorge, nicht, was du denkst!

Jetzt lachte er, rieb sich die Augen, rückte seinen Sessel näher an meinen, tätschelte mir das Knie probeweise ausführlich und füllte unsere Gläser nach.

Ich habe keine Worte, ich bin beschämt, nicht einfach verlegen.

Unsinn! Hol uns ein paar Erdnüsse und sag deiner Freundin, sie soll uns einen Tisch reservieren. Wir können doch genausogut zusammen essen – nur wir beide, du und ich.

Ich tat, was er sagte. Charlies Gesicht verfiel; er sah düster aus. Die Wirkung von fast purem Gin? Kaum, denn er vertrug Alkohol in großen Mengen. Ich füllte die Gläser wieder nach. Meine Geste schreckte ihn offenbar aus einem Gedankengang auf, der ihn beunruhigt hatte. Wie auf Knopfdruck stellte sich seine übliche provozierende Intensität wieder ein. Er schätzte die Hotelgäste an den Nachbartischen ein, starrte sie ganz offen an, sein Gesichtsausdruck war dabei abwechselnd verächtlich, fragend und komisch.

Entsetzlich! sagte er schließlich. Das mache ich immer, wenn ich mich an so einem Ort wiederfinde: Ich sehe mich um, ob ich jemanden entdecke, mit dem es lohnt, ins Bett zu gehen. Null! Wie gut, daß ich Toby mitgebracht habe, und natürlich, was für ein Glück, daß ich dich zufällig getroffen habe.

Er tätschelte mir wieder das Knie.

Es kam mir albern vor, das Thema zu wechseln; es mochte auch wie eine Zurückweisung aussehen, wenn ich nach dem neuen Hotel fragte, das er plante, nach seiner Arbeit überhaupt oder nach der amerikanischen Politik, obwohl mir dieses Thema besonders am Herzen lag und er mir neueste Informationen hätte liefern können, er war ja erst vor wenigen Tagen aus New York gekommen. Nichts davon fragte ich, sondern erklärte ihm, daß seine Tirade mich erschüttert und auch neugierig gemacht habe. Schließlich wisse ich sehr wenig von seinem Leben. Wir hätten uns seit seiner Heirat nur einmal gesehen, vielleicht zweimal – was ich aber nicht mehr genau wußte.

Das stimmt, antwortete er. Mich würde es nicht wundern, wenn du jetzt hören möchtest, wie man pervers wird.

Das ginge mich schließlich nichts an, wollte ich protestieren, aber er faßte mein Knie besonders fest und hieß mich still sein.

Sei doch nicht so beschissen humorlos. Daß du nach Einzelheiten fragen wolltest, die du bei Krafft-Ebing nachlesen kannst, wenn du das nächste Mal in einer Bibliothek bist, das habe ich dir nicht unterstellt. Solche Details hebe ich mir für meine Memoiren auf; die schreibe ich allerdings erst, wenn ich im Zölibat lebe. Ich habe deine Bemerkungen als vollkommen angemessene Frage verstanden: Wie ist es gekommen, daß der Mann, den ich gekannt habe, zu dem geworden ist, der du jetzt bist?

Ich nickte.

Die Fakten sind unkompliziert; aber das andere, meine Natur nämlich oder, besser, deren Metamorphosen und die Arbeit der Zeit, die diese Metamorphosen bewerkstelligt hat, das alles ist ganz mysteriös. Ich war nicht heimlich schwul, weder damals in den Jahren in Cambridge, als wir oft zusammen waren, noch davor in meiner Schulzeit, noch als ich Diane heiratete. Sicher, im St. Mark gab es die eine oder andere zärtliche Begegnung, die man heute homoerotisch nennen würde. Was für ein widerlich gespreiztes Adjektiv; sieh zu, daß du es vermeidest, falls dein Interesse an Schwulen wächst. Gruppenaktivitäten gab es auch: Wer kann am schnellsten spritzen. Es gab zudem einen Magister, der mir gern den Hintern geküßt hätte und alles drumherum, wenn er sich nur getraut hätte; eine Handvoll Kerle wie du, die beim Anblick meines Suspensoriums Sexträume hatten. Ich nahm das als Kompliment, es gehörte dazu, wenn man Champion war! Wenn du Mannschaftskapitän bist und aussiehst wie ich, dann erwartest du einfach, daß kleine Schwule dir die Eier lecken wollen, aber ich hatte nicht die geringste Lust, einem von ihnen denselben Leckdienst zu erweisen. Mein kleiner Freund wurde von meiner Kusine verwöhnt – ganz ruhig, Max, Kusine habe ich gesagt, nicht Cousin –, die aus dem Milton-College herausgeflogen war und erstmal bei meinen Eltern wohnte, damit die Wut ihres Alten wieder verrauchen konnte. Das nächste Kapitel der Geschichte spielt dann in Korea, nicht an den Fleischtöpfen von Seoul, sondern im Schützengraben; jedesmal, wenn ich auf Kommando herausklettern und irgendeinen Hügel erstürmen sollte, machte ich mir die Hosen naß. Einmal suchte ich ein Teehaus in Pusan auf, und kurz danach suchte mich ein Schrapnell auf. Was ich mir im Teehaus geholt hatte, wurde dann gleich mitbehandelt, als ich im Lazarett lag; die Zeitplanung war ein Meisterstück: Mein Batallionskommandant hätte mich sonst vors Kriegsgericht gebracht. Wer sich den Tripper holte, beschädigte nämlich Armee-Eigentum; das wurde etwa so bestraft wie Rost im Gewehrlauf!

Ein angenehmer Kurzaufenthalt in Hawaii, und schon sind wir auf der Sex-Schnellstraße nach Harvard und zu Janie. Im Lazarett in Honolulu wurde mein Rücken spezialbehandelt und wieder ganz in Form gebracht. Trotzdem war ich über zwei Monate lang unfähig, mich zu bewegen, und wie in einem Kriegsfilm hatte ich eine fürsorgliche Krankenschwester – Gauguins Tehamana auf Urlaub vom Art Institute in Chicago –, die ihre Pflege auch meinem kleinen Freund angedeihen ließ. Sie hat den Kerl ganz schön verwöhnt.

Ein merkwürdiges Vorspiel für Homosexualität, erlaubte ich mir zu bemerken.

Du begreifst auch alles, wie immer, aber noch sind wir nicht soweit.

Er goß den Rest Gin in unsere Gläser, und wir machten uns auf den Weg ins Restaurant. Ich war gespannt, wie Charlies Geschichte weiterging, aber die Kellnerin strich erst einmal ein Drittel von Charlies Bestellung und sagte, wir wollten ja nur

Essen vergeuden, woraufhin Charlie zu einer Rede ansetzte, die wie der Beginn einer Vorlesung zur *Theorie der feinen Leute* klang. Er beruhigte sich wieder, als sie auf mein Zureden bereit war, uns eine Flasche Reiswein zu bringen. Den Shaoxing hatte er noch nicht probiert, den man damals in China nur selten bekommen konnte.

Die liebe Janie, fuhr er fort. Was für eine schöne Erinnerung. Du hattest doch auch eine Zeit, in der du gern unter ihren Pringle-Pullover geschlüpft wärst? Ach nein, bei Edna hast du's versucht, und dann hat dich das Ziegenbein wieder an die Leine genommen! Du gehörst zu den wenigen Glücklichen, denen ich anvertraue, daß Janie und ich uns mit Fingerübungen begnügt haben. Ich hielt zwar meinen elften Finger nicht immer in der Hose eingesperrt, und wir haben auch nette Spiele im Bett gespielt; sie setzte durchaus die wohltätigen Werke meiner Kusine und Miss Gauguins fort, aber ich habe es nicht geschafft, in sie einzudringen. Manchmal erklärte Janie, sie wolle *intacta* bleiben, manchmal meinte sie, ich sei zu groß, und irgendwann dann insistierte ich nicht mehr. Im Rückblick, vor allem, wenn ich an meine Zeit mit Diane denke, kommt es mir so vor, als hätte ich schon verstanden, daß unsere Beziehung sehr angenehm und wenig anstrengend war. Weder mein Mannschaftstraining noch viele Martinis waren hinderlich. In Diane habe ich mich im Cotillon in New York verliebt, als Janie gerade Examen machte und schon diesen Gangster aus

Chicago kannte – ich habe den Verdacht, der hat sich gleich beim ersten Mal mit Gewalt eingedrängt.

Er schnippte mit den Fingern nach der Kellnerin, die das gar nicht schätzte, sich aber trotzdem von ihm bereden ließ, eine zweite Flasche Shaoxing zu bringen. Nektar, sagte er, nur daß er warm serviert wird.

Zurück zu Diane. Die Familien waren erfreut, wie du dir denken kannst. Ich habe mich auch gefreut. Du erinnerst dich gewiß: Wir waren ein auffallend gutaussehendes Paar. Ich fing gerade meine Ausbildung bei Gordon Bunshaft an, für den ich unbedingt und von ganzem Herzen arbeiten wollte. Dianes Geld zusammen mit dem, was ich hatte, machte es möglich, daß wir uns sofort ganz komfortabel einrichten konnten. Ihre Eltern waren auch recht großzügig; während der Saison konnten wir alle Wochenenden, an denen ich nicht arbeiten mußte, nach New Jersey zum Jagen fahren. Aber ziemlich bald plagte mich Diane mit ihrem Bedürfnis nach Sex – nicht ohne Grund! Arbeit und Alkohol ließen mir nicht viel Lust übrig, und wenn ich den kleinen Freund mal zum Stehen brachte, war für mich die Sache zu Ende, sobald ich ihn drin hatte. Eins, zwei, drei, alles schon vorbei. Sie war wirklich bereit, mich von Hand zu beleben und Janie-Sex zu machen. Aber ich mochte das nicht; für sie war es nur die Vorbereitung, das aber, worauf sie mich vorbereitete, wollte ich nicht. Ich konnte ihren Anstren-

gungen Einhalt gebieten, indem ich ihr erzählte, ich
hätte, oralen Sex betreffend, ein schreckliches
Trauma – aber ich weigerte mich, ihr zu verraten,
woher dieses Trauma kam; ich konnte mich nämlich nicht entscheiden, ob ich sagen sollte, ich sei
mal gebissen worden, oder ob ich mir etwas ganz
Ekelhaftes ausdenken sollte. Wie auch immer, ich
konnte mich nicht weigern, mit ihr zur Sexualtherapie zu gehen, und zwar zu einer alten Pflaume von
Ärztin, die in einem der Gebäude in der Nähe des
New York Hospitals ihre Praxis hatte. Sie hatte lauter höchst konstrukive Vorschläge: von eintausend
an zurückzählen, um die Ejakulation hinauszuzö-
gern, morgens vögeln, wenn man sowieso hart ist,
zusammen schmutzige Bücher lesen. Ich denke, dieser Kram bleibt am besten ungesagt – stell dir vor:
so viel Prüderie aus meinem Mund! Kurz und gut,
die Sexualtherapie hatte eine negative Wirkung.
1965! Das Jahr des vaginalen Orgasmus! Rasende
Junior League Bacchantinnen tobten durch die Sa-
lons des Colony Clubs! Diane war äußerst fort-
schrittlich. Ihre Frauengruppe erklärte Diaphrag-
men für erniedrigend, weil frau dann ja alle Arbeit
zu tun habe: sie müsse sich das Ding einführen, bevor sie ganz sicher wisse, daß sie es benötige, sie
müsse sich hinlegen, die Beine breitmachen und alles geschehen lassen, und wenn es dann vorbei sei,
noch einmal arbeiten. Das Gerät habe wieder her-
ausgenommen, gepudert und in sein Kästchen ge-
packt zu werden. Da gab es nur einen Ausweg: Ich

mußte Kondome benutzen. Damit aber fiel der Vorhang bei mir; die Vorstellung war zu Ende. Sehr bald engagierte sie einen Rechtsanwalt, ein rührendes Kerlchen mit Melone, das Hausbesuche machte – ich rede jetzt von einer wirklich unglückseligen Zeit, in der ich sie sogar schlug –, und im Rekordtempo waren wir geschieden.

Langweile ich dich? fragte er, als ich den Teil der Rechnung bezahlte, der nicht in meiner Hotelpauschale enthalten war. Jetzt kommen wir nämlich zum interessanten Teil, zur Grenzüberschreitung sozusagen.

Zu dieser späten Stunde konnte man in der Hotelhalle nichts mehr zum Trinken bekommen. Ich schlug vor, in mein Zimmer zu gehen, dort hatte ich noch Kognac. Wir setzten uns in die beiden Sessel. Der Abend war erstaunlich kühl – jedenfalls zitterte ich, vor Müdigkeit oder vor Aufregung. Ich stellte die elektrische Heizung an.

Mein Zustand war Charlies Aufmerksamkeit nicht entgangen. Haben wir etwa Angst, so allein mit dem Satyr? Ah, das tut gut, es geht doch nichts über ein Glas Brandy vor dem Kamin! Ha! Ha!

Die Grenzüberschreitung fand also im Wienerwald statt. Im Juni, gleich nach der Scheidung, war ich nach Wien gefahren. Ich wollte mir dort die Sparkasse und andere Bauten von Otto Wagner ansehen.

Ideen und Entwürfe schossen mir durch den Kopf. Ich hatte es im voraus gewußt oder vielleicht auch nur die Photographien sehr genau studiert, wie auch immer: Jedenfalls waren diese Bauten, die ich nun mit eigenen Augen sah – anstarrte wie in Trance –, das Sandkorn, das allmählich von der Perle meiner künstlerischen Erfindungsgabe umhüllt wurde. Das ist die reine Wahrheit, auch wenn sie bombastisch klingt. Kennst du die Union Bank in New York, die ich gebaut habe? Sie erhebt sich über die Madison Avenue, herausragend und trotzdem bescheiden, jedes Einzelelement seiner Form ist ein Ruf nach Ordnung und ein Echo – ich habe es so geplant, daß das kunterbunte Durcheinander der Umgebung sich durch seine Gegenwart beruhigt.

Ich bekannte wahrheitsgemäß, dieses Bankhaus außergewöhnlich schön zu finden.

Na ja, jetzt weißt du, was ich mitten in Wien tat. In den Wienerwald fuhr ich zum Weintrinken mit einem Architekturstudenten, den man mir als Assistenten und Stadtführer zugleich empfohlen hatte. Er glich Bronzinos Porträt eines jungen Mannes, nur daß er nach seiner Wiedergeburt einen grünen Kordanzug trug und zum Fachmann für Sexualprobleme geworden war. Die Diagnose, auf die Dianes New Yorker Hospitalguru nicht gekommen war, stellte er im ersten Augenblick unserer Begegnung. Eines Abends, als die Sterne blinkten und der Kukkuck in den Fliederbüschen sang, begann er mit der Therapie. Seither bin ich keinen Schritt mehr von dem Weg abgewichen, den er gefunden hat.

Ist das – ich meine, daß du homosexuell geworden bist – denn allgemein bekannt?

Geworden bist? Ich war und bin es. In der Oberschicht von Sodom weiß man das, und wenn ein Schwuler ein Geheimnis kennt, dann erfährt der Rest der Welt es innerhalb von fünf Minuten. Wenn du fragst, ob ich öffentlich Laut gegeben habe, dann ist die Antwort nein! Lieber würde ich mich an die Spitze einer Massenbewegung zurück in die Verborgenheit setzen; dort ist es immerhin gemütlich!

Und deine Sexprobleme sind vorbei, impotent warst du nur bei Frauen?

Ich habe dir doch gesagt: Such dir die Details bei Krafft-Ebing heraus, Süßer. Über Frauen können wir aber durchaus reden; das ist alles braves, sauberes Umkleideraumgefasel. Die Homosache aber ist streng privat!

Er beugte sich vor und massierte mir das Knie, als hätte ich ihn eben daran erinnert, daß es nach dem Essen vernachlässigt worden war.

Sein Glas war leer. Von wegen Verborgenheit, fragte er, wo nur hast du diesen ehrwürdigen Brandy verborgen? Willst du den für Regentage aufsparen?

Ich stand auf und goß ihm ordentlich nach.

Er kratzte sich ausdauernd und erzählte dabei: Ich werde dir erklären, was es mit Toby auf sich hat, damit du nicht hysterisch werden mußt, wenn ihr euch wieder begegnet. Du kannst beruhigt sein: In dem Sommer, als wir uns in der Joyce-Karawanserei wiedersahen, habe ich ihn nicht verführt. Das ist nicht mein Stil. Er ging in sein Schweizer Internat zurück, aber am Ende des Jahres lief er davon. Und war über sechs Monate verschwunden. Sein Vater ließ Interpol und alle möglichen anderen Polizeiorgane nach ihm suchen. Aber keine Spur. Dann rief er eines Tages wie aus heiterem Himmel in meinem New Yorker Büro an. Zum Glück war ich selbst am Telefon; meine Sekretärin hätte ihn vielleicht nicht durchgestellt. Er sagte, er sei in einer Telefonzelle in der Stadt – wo, wollte er nicht sagen –, und er werde zu mir kommen, wenn ich ihm saubere Kleider in einem Hotelzimmer bereitlegen ließe, wo er sich zuerst einmal waschen und ausruhen könne. Ich ließ ein paar Sachen ins Waldorf bringen, das ist ja nicht weit von mir, und am nächsten Tag bekam ich ihn zu Gesicht. Er sah schauerlich aus. Seitdem habe ich ihn bei mir. Glaubst du an die schicksalhafte Ironie von Namen?

Ich weiß nicht genau, was du meinst.

Wie seltsam! Ich hätte gedacht, der Einfluß, den Namen auf ihren Träger haben, sei gerade dir schmerzhaft bewußt: Immerhin waren deine Mama und dein Papa so prätentiös, daß sie dich Männchen mit dem Namen Maximilian belasten mußten! Ich bin wie besessen vom Glauben an die Magie der Namen. Weißt du, meine Eltern, Gott gebe ihrer Seele Frieden, waren begeisterte Proust-Leser. Und trotzdem haben sie mich Charles genannt! Ein ganz intimer Witz oder dümmliche Achtung der Familientradition? Ich bin ja eigentlich Charles III. Mein Großvater und mein Urgroßvater väterlicherseits trugen diesen Namen, aber das war a. P., *avant* Marcel. Und genau wie Odette ist Toby nämlich eine ganz miese Nutte, und der kleine Mistkerl ist nicht einmal mein Typ.

Er hat Kopfweh, aber keinen richtigen Kater, glaube ich, das passiert ihm fast nie, sagte Toby am nächsten Morgen. Wir sollten ohne ihn losgehen, hat er gesagt.

Miss Wang hatte gefragt, ob sie den Sonntag frei-nehmen könne, um ihre Wäsche zu waschen und ih-ren »Freund« an der Peking Universität zu besu-chen. Das zweite Vorhaben bedeutete viele Meilen Strampelei auf dem Fahrrad. Die Chinesen, die ich kannte, verwendeten das Wort »Freund« neutral; man konnte nicht wissen, ob es einen Mann oder eine Frau bezeichnete, eine Unsicherheit, die mir zu schaffen machte, weil Miss Wang nicht zum erstenmal eine solche Fahrradexkursion unternahm. Daß sie lieber eine Freundin besuchte als mit mir endlose Runden durch Peking zu drehen und ein paar Mahlzeiten einzunehmen, fand ich ganz natürlich. Falls sie aber einen Mann besuchte, ärgerte mich ihre Entscheidung nicht nur, sondern ich hielt sie für dumm, sogar für unvernünftig – ein bizarres Versagen meines logischen Denkens. Ich fragte mich, was ein Nachmittag mit einem todernsten, bebrillten Jurastudenten oder Assistenten ihr bieten

konnte, daß sie ihn meiner Gesellschaft vorzog? Ich
bedachte zwar, daß man an der Beida (so hieß die
Universität bei den Studenten) keinen Augenblick
allein sein durfte, trotzdem konnte ich mir natürlich
eine gewisse Aktivität ausmalen, die sich nicht in
Konversation erschöpfte, eben jene, die ich mir
nicht gestattet hatte – die diesbezügliche Entscheidung war wohl ausschließlich meine gewesen –,
aber war denn die zauberhafte Spannung zwischen
uns, die Frucht dieser Verweigerung, nicht Entschä-
digung genug? Ich fragte mich, ob ich mich wohl
ebenso uneingeschränkt optimistisch über Miss
Wangs Chancen an der Harvard Universität geäußert hätte, wenn sie mir schon tags zuvor eröffnet
hätte, daß sie den Freundesbesuch an der Peking
Universität machen wolle.

Ich schlug Toby vor, auf einem anderen Weg zur
Verbotenen Stadt zurückzugehen – dem, wie ich
ihn nannte, rückwärtigen Weg: die belebte Parallel-
straße zur Chang An, nördlich vom Hotel. Wir gingen an der Reparaturwerkstatt für Fahrräder vorbei, wo Mechaniker an geheimnisvollen riesigen
Motoren herumhämmerten – wobei nicht klar war,
ob sie repariert oder verschrottet werden sollten.
Ältere Männer und Frauen, vom Rheuma oder
lebenslänglichen Lastentragen so krumm gebeugt,
daß sie nur noch die Hälfte ihrer natürlichen Größe
hatten, schlurften daher, Netze voller Wintergemüse
auf dem Rücken. Manche sahen aus dem Fenster oder standen in den Hauseingängen, qual-

mende Tonpfeifen rauchend. Als wir zum Kanal kamen, sahen wir andere alte Männer ihre T'ai Chi-Übungen machen, mit blicklosen Augen, wie mitten im Traum.

Der Morgen war warm und sonnig. In einem der Palasthöfe standen Steintische mit Stühlen zu beiden Seiten, an denen alte Männer, sicher seit langem Pensionäre, Schach spielten. Wir setzten uns und schauten ihnen zu.

Charlie sagte, er hätte gestern abend mit Ihnen gesprochen.

Stimmt. Er hat mir vieles erklärt, was ich vorher nicht recht verstanden hatte.

Er ist eine wirklich gute Haut. Da habe ich Glück gehabt.

Ich fragte Toby, ob er gerne Schach spielen würde.

Nein, ich spiele nur Backgammon und Dame. Aber ich sehe denen gern beim Spielen zu. Und dann fragte er: Sind Sie sehr enttäuscht?

Weshalb? fragte ich vorsichtig zurück.

Ich meine nicht das Schwulsein, das ist, wie es eben ist. Weiter nicht aufregend für junge Leute in meinem Alter. Aber daß ich nicht zum College gehe und so. Sie sind Professor, Sie müssen doch denken, daß es mit mir den Bach runtergeht. Sie haben so ein verletztes Gesicht gemacht, als ich Ihnen das gestern erzählte.

Die Rolle des Pädagogen, die ich von Berufs wegen spielte, legte ich außerhalb des Vorlesungssaals eigentlich ab; in meinem Privatleben dachte ich kaum an sie, aber plötzlich wurde mir bewußt, daß ich für dieses arme Kind – allmählich mußte ich mich wohl an die Tatsache gewöhnen, daß er ein junger Mann geworden war – eine konstitutionelle Autorität war: ein Zensor, der die Pforten zur Bildung und zum normalen Erwachsenendasein hütet.

Also sagte ich zu ihm: Das war eine wirklich ganz unerwartete Begegnung. Ich brauchte Zeit, mich darauf einzustellen, daß ihr beide auf einmal hier auftauchtet, während ich euch noch am Ufer des Comer Sees vermutete. Mach dir keine Gedanken, ich war einfach nur überrascht. Und daß du schon verspielt hast, glaube ich nicht: Es gibt viele Wege auch außerhalb der Universität, sich aufs Leben vorzubereiten, und du hast einen guten Startvorteil, mit deinen Sprachkenntnissen und den Reisen. Wenn du deinen Kopf benützt und so viel liest, wie du nur kannst, wird etwas aus dir. Du mußt doch in Charlies Büro und in Charlies Gesellschaft alles mögliche lernen. Wer weiß? Wenn du wirklich willst, findest du später immer noch Zeit fürs College oder für eine Fachschule.

Ich war ziemlich abgesackt, aber es ist wahr: Charlie bringt mir viel bei, wenn ich nur durchhalten kann.

Er lachte mich offen und ganz ungekünstelt an, genauso wie damals im Schwimmbad der Rumorosa, als er mir versicherte, es sei schon recht – ich solle nur ruhig neben ihm paddeln.

IV

SACHTE, SACHTE, ihr nächtlichen Rösser! Wie oft
habe ich mir diese Worte im ersten Jahrzehnt meines Lebens als reicher Mann leise vorgesagt! Dieser
Wunsch allerdings wurde mir nicht erfüllt. Im Gegenteil, Ereignisse, Erfahrungen, die Zeit selbst, alles überstürzte sich – wie Sandkörner am Strand,
die von einem Sturm hochgepeitscht werden. Vielleicht lag das am Kontrast zu meiner früheren Lebensweise. Ich war das Leben eines deutlich zu hohen Semesters gewohnt gewesen: immerzu beengte
Wohnungen, immerzu gemessene Schritte. Vielleicht lag es aber auch an meinem Alter. Innerlich
hatte ich mich so wenig verändert, und dennoch
würde ich in ein paar Jahren fünfzig werden, wobei ich noch so vieles von meiner Vergangenheit
nicht wahrgenommen, ja einfach nicht empfunden
hatte.
Lichtbilder chaotischer Ferien, unachtsam behandelt, vergessen, peinlich anzusehen – aber man hat
den festen Vorsatz, sie irgendwann zu ordnen. Ich
will einen Schritt zurücktreten und sie vorführen.
Betrachten wir uns Max, so wie ich ihn jetzt sehe,
den Max, der ich damals war, als alles durcheinan-
dergewirbelt wurde.

Vespasian war nicht ganz bei Trost, als er sagte, Geld riecht nicht: Es wirkt wie die Duftmarken, die Skunks in der Paarungszeit versprühen, nur daß es nicht andere Skunks anzieht, sondern die Reichen, die nicht ganz so Reichen, die Berühmtheiten beider Geschlechter – und Schwule. Jetzt, da Max wohlhabend ist, umschwärmen ihn alle. Es geht wie von selbst: Kollegen, die nie ein Wort mit ihm gewechselt haben, sieht man einmal von Fakultätssitzungen ab, diese Brattle Street und Beacon Hill Intellektuellen, die er nicht mal vom Sehen kennt, laden ihn jetzt zum Essen oder zum Wein ein, sogar zu Sportreportagen im Fernsehen – da streikt er jedoch –, als wäre er schon immer dagewesen, ein Hausfreund sozusagen. Endlich hat auch Max das geheime Losungswort des Abendlandes gefunden; Arthur und er sind noch immer Freunde, aber was kann Max in seiner neuen Lebenslage davon abhalten, auf eigene Faust in Ali Babas Höhle einzutreten?

An der Law School achtet man Max, schätzt ihn vielleicht sogar; das kommt daher, daß er keine Vergünstigungen verlangt und nicht zu den Cliquen gehört, die die Institution umkrempeln wollen. Sein Unterricht ist gewissenhaft. Seine Briefe an den Zulassungsausschuß für Graduierte und an das Büro für finanzielle Unterstützung, dazu der ein oder andere ganz zufällige Besuch bei stellvertretenden Dekanen, die Entscheidungen dieser Art beeinflussen, haben den gewünschten Erfolg. Miss Wang wird zugelassen und erhält ein Vollstipendium. Das Wohnungsbüro weist ihr einen Platz in einem Studentenheim auf dem Campus an; er besteht sogar darauf, da das besser für sie sei als ein Zimmer in Wohngemeinschaften in Somerville oder Waltham. Er weiß, daß chinesische Studenten aneinanderkleben wie weichgekochter Reis. Damit würde sie, sagte er ihr, ihre Chance verschenken, Lebenserfahrungen an der Harvard Universität zu machen. Es geht vor allem darum, mit Amerikanern zusammenzusein, dieselben Probleme wie sie durchzuarbeiten; eine juristische Ausbildung besteht nicht nur im Lesen von Entscheidungssammlungen.

Dieses Argument setzt er schließlich auch ein, um sie aus seiner Wohnung hinauszukomplimentieren. Als er in der Nacht ihrer Ankunft mit ihr schläft, ist es, wie wenn ein quälender Durst endlich gestillt wird. Er denkt, die geschmeidige, leidenschaftliche Röhre, die er für ihren Körper hält, bis zum Rand zu füllen. Damit wird auch ein Pakt eingelöst, der wortlos in der Verbotenen Stadt geschlossen wurde. Offenbar waren sich beide über dessen Bedingungen zweifelsfrei einig.

Aber eine chinesische Konkubine will er sich nicht halten, sowenig wie er Hunde oder Katzen um sich haben mag. Es macht ihn nervös, daß sie ihm die Hemden wäscht und das Badezimmer schrubbt, obwohl die Putzfrau gerade dagewesen ist, und daß sie so gern auf seinem Schoß sitzt. Sie will am liebsten zu Hause essen: Der Geruch der Gemüse, die sie abends in der Bratpfanne wendet, haftet an ihrer Haut. Sie hat eine Art, ihm eine Tasse Tee an den Schreibtisch zu bringen, wenn er arbeitet, daß ihn vorübergehend alle Konzentration verläßt. Als er sie zum Harkness-Gebäude schafft, gibt er ihr einen Wohnungsschlüssel und schärft ihr ein, ihn vor jedem Besuch anzurufen.

Umgehend findet sie einen neuen Freund, den sie Max vorstellen möchte. Es ist ein chinesischer Gelehrter – so nennt er sich selbst – an der Business School; dasselbe Modell wie jener Freund, den Max sich an der Beida vorgestellt hatte. Sie gehen zum Essen à trois in das Chinarestaurant in der Massachusetts Avenue gegenüber von Wigglesworth. Der Gelehrte besteht darauf, die Rechnung zu begleichen. Miss Wang schläft weiterhin mit Max, aber jetzt ist alles leichter; sie unterhalten sich gern und gut miteinander, wie damals in Peking. Ihre ersten Prüfungstermine rücken näher, und er hilft ihr bei den Vorbereitungen. Eines Tages bekommt er einen Brief von Miss Wang, zwei Seiten lang, auf rosa Papier mit Blumen in der rechten oberen Ecke. Die Handschrift ist wunderschön, ihr Englisch völlig fehlerfrei. Sie dankt ihm für ihr neues Leben und entschuldigt sich. Der Gelehrte und sie lieben einander. Sie schickt den Schlüssel zur Wohnung in der Sparks Street zurück. Das ist auch gut so, wenn man bedenkt, wieviel Zeit Camilla dort zubringt.

Sie hat blonde Haare, grüne Augen und lange Beine. Benutzt kein Deodorant, auch kein Parfum. Die erste Frau mit nicht ausrasierten Achselhöhlen, die er kennt. Eine Engländerin, die in Cambridge, Massachusetts, lebt. Empfohlen durch ein hervorragendes Examen an einem Frauencollege in Oxford, ist sie jetzt für dies und das im Fogg-Museum zuständig. Genauer: Sie konserviert Drucke und Zeichnungen. Ihr Vater ist ein gefragter Universitätslehrer in Oxford. Er lehrt Philosophie und schreibt elegante Artikel für die *New York Review of Books*. Ihre Mutter: Psychoanalytikerin. Sie kennen Gott und die Welt; das wird deutlich, als Max Camilla beim Sonntagsessen im Hause Kahn begegnet.

Camilla und Max gehen nach dem Essen sofort zu Max nach Hause. Er wohnt noch in der Sparks Street, sucht aber etwas Größeres. Ob sie wohl einen Kognac möchte? Dann legt er eine Platte auf, die Oper *Dido und Aeneas*, sorgt dafür, daß Camilla sich nicht in einen Sessel setzt, sondern auf das Sofa, wo er neben ihr sitzen kann. Er hat sich immer nur sehr kurz in England aufgehalten. Ihre Art zu sprechen ist amüsant. Liegt dies am Oxford-Akzent oder an einer abgekürzten Art des Sprechens, die noch verfeinerter ist? Beim Essen hat er manchmal nicht verstanden, was sie gesagt hat. Er hat einige Mühe mit den Schwenkgläsern, die zu groß sind, und mit der Flasche.

Sie sagt: Gehst du nicht mit mir ins Bett?

Er hat so noch nie mit jemandem geschlafen. Sie halten sich nicht mit Präliminarien auf. Grenzen werden überschritten, von denen er geglaubt hatte, sie lägen in himmelweiter Ferne.

Sechs Uhr. Sie sammelt ihre Kleidungsstücke zusammen, pinkelt laut bei offener Badezimmertür, benutzt seine Zahnbürste und sagt, sie könne im Telefonbuch gefunden werden.

Er ruft sie an – am nächsten Tag.

Die Ehe mit Camilla wird durch einen leichtfertigen Vertrag besiegelt.

Sie liebt Gärten. Die Wohnung in der Highland Terrace, die sie beziehen, eigentlich ein Flügel eines großen Hauses, ist Eigentum der alten Witwe eines Professors an der Medical School, der mit den Storrows verwandt war. Das Haus hat eine mit Ziegelsteinen gepflasterte Terrasse mit Blumenbeeten drumherum, die der Gärtner der Witwe mit mehrjährigen Stauden bepflanzt hat. Die Witwe räumt den beiden ein Vorkaufsrecht ein; da sie aber nicht die Absicht hat, das Haus zu verkaufen, nützt dieses Recht nur etwas, wenn sie stirbt. Camilla ist ausgesprochen fröhlich. Sie pfeift, wenn sie im Haus ist, trägt Jeans und abgelegte Hemden von Max und fährt mit dem Rad zum Fogg-Museum. Sie hat das taschentuchgroße Gärtchen neu bepflanzt. Dem anfänglich skeptischen Gärtner gefällt das Resultat, und er jätet Unkraut und wässert die Blumen, wenn sie verreist sind. Die Wohnung läßt Camilla fast

leer; Max hat so viele Bücher, sonst braucht man
auch nichts, nur ein Bett. Und ein Bett haben sie.
Andere Möbelstücke kommen später. Max ist noch
nie so glücklich gewesen.

Camilla hat Sehnsucht nach Landleben. Ihre Eltern
wohnen in einem alten Steinhaus, eine halbe Fahr-
stunde von Oxford; dort ist sie aufgewachsen.
Wenn sie doch nur ein Häuschen hätten, in dem sie
die Wochenenden und vielleicht einen Teil von
Max' schönen langen Ferien zubringen könnten.
Das Fogg-Museum bleibt natürlich durchgehend
geöffnet – aber da ließe sich schon etwas arrangie-
ren.

Sie haben einen zweisitzigen Jaguar gekauft. Mit offenem Verdeck fahren sie über Land, erkunden die
kleinen Städte an der Nordküste und, mit etwas weniger Zutrauen, auch den Süden in der Gegend um
Cohasset. Eine öde Vorstadtlandschaft hier. Dover
wäre nicht schlecht, wenn es nicht so von spießigen
Typen wimmelte, von Versicherungsleuten und
Bankbeamten. Charlie Swan weiß die Lösung: Weiter westlich müssen sie suchen – in den Berkshires
–, er hat dort, in Billington, ein Haus. So wie Camilla fährt, kann man in knapp zwei Stunden dort
sein. Er weiß genau das richtige Haus für sie, an
einem Hang, seinem Besitz gegenüber, auf der anderen Seite eines engen Tals, mit Blick in die unter-
gehende Sonne. Der Garten besteht aus mehreren
Terrassen, die mit alten Ziegeln ummauert sind. Sie
sind natürlich oft mit Charlie und Toby zusammen.

Seit der Begegnung in Peking hat Max den Kontakt zu ihnen eigentlich nicht mehr abreißen lassen; Camilla kennt Charlie aus Oxford und London. Er und Toby waren bei Camillas und Max' Hochzeitsessen, das die Kahns für sie ausgerichtet hatten.

Max kauft das Haus, das Charlie ausfindig gemacht hat. Innen ist es mehr oder weniger eine Ruine, aber das ist ihnen nur recht, denn Camilla will alles verändern, und Charlie, der seit zwanzig Jahren keinen Auftrag dieser Art mehr angenommen hat, bietet an, ihnen einen Entwurf zu zeichnen – und der wird phantastisch, eine einzige Hymne auf ihre Freundschaft. Zum Glück gehört eine kleine Kate zum Haus; sie ist in gutem Zustand, so daß Camilla und Max ihr Wochenendlandleben sofort anfangen können. Charlie bringt im Moment weniger Zeit in Europa zu; er kommt regelmäßig nach Billington. Er und Toby sind ausgezeichnete Köche. Samstagabends, wenn sie nur übers Wochenende kommen, und auch an anderen Tagen, wenn sie länger dort wohnen, gibt es ein großes Essen bei Charlie. Dabei zählen sie natürlich auf Max und Camilla. Max bewundert alles an Charlies Haus: Ein Shaker-Bau aus Backstein, sehr schmal und schlank, aber so anmutig, daß er heiter und einladend wirkt. Die Zusammenstellung von amerikanischen Möbelstücken und Nippes ist bezaubernd phantasievoll, Max sieht sie als Spiegel von Charlies Persönlichkeit, die ja das Exzentrische mit bulliger Kraft verbindet. Und Max mag Charlies Gäste.

Sie sind eine Mischung aus Angehörigen der lokalen Oberschicht – gebeugte, knochige Männer in abgetragenem Tweed oder Gabardine, je nach Saison; ihre Ehefrauen haben einen Händedruck wie Holzfäller – und New Yorker Sammlerstücken, die sich durch Geld, besonders gutes Aussehen oder anerkannt großes Talent auszeichnen. Maxens neue Clique. Charlie lädt nur »Schwule meiner Sorte« ein: Architekten oder Künstler und gelegentlich eine Schönheit wie Toby. Manchmal nennt Charlie den einen oder alten Freund »dieses anbetungswürdige Wesen«, dann mag man über Charlies Beziehung zu ihm das oder jenes denken, aber abgesehen von diesen wenigen Ausnahmen hat Max nicht den Eindruck, daß sexuelles Interesse der bestimmende Faktor in Charlies Vorlieben ist. Keiner dieser Männer ist ein besonderer Freund von Toby. Wer sind überhaupt Tobys Freunde? Wann und wo trifft er sich mit ihnen?

Toby begleitet Max und Camilla auf ihren Waldspaziergängen am anderen Ende des Tals. Manchmal unternehmen Max und Toby allein Klettertouren. Max glaubt, daß Toby seinerzeit recht hatte, als er nämlich fürchtete, ihn zu enttäuschen. Und zwar, weil Max sich von Toby im Stich gelassen fühlt. Er, Toby, macht keinerlei Fortschritte in irgendeine erkennbare Richtung. Bei der Arbeit ist er Charlies Handlanger Freitag, mehr nicht. Charlie wiederum hat immer die Nase in einem Buch; um seine Bibliothek beneidet ihn Max. Toby liest nur

Zeitschriften. Er ist die Liebenswürdigkeit in Person, aber im Gespräch hat er nichts Neues zu bieten; die Unterhaltungen mit ihm sind leblos und fade. Irgendwie ist er, wie er aussieht: Er hat das wunderschöne Gesicht eines halben Kindes und dazu den Körper eines jungen Mannes, der zum Fettwerden neigt; in der Taille ist es schon soweit, und die Wangen runden sich zusehends – und diese Verfettung ist gefährlicher als Babyspeck.

Max weiß, daß es schon viele Jahre her ist, seit zum letzten Mal ein Common-Law-Spezialist ein Werk über die Grundlagen des Vertragsrechts veröffentlicht hat. Er glaubt ein Buch zu diesem Thema schreiben zu können – ein knappes Bändchen, das durchaus spekulativ ist und ohne akademischen Jargon und Fußnoten auskommt. Der Umbau des Hauses in Billington ist so weit gediehen, daß man sich sehr wohl vorstellen kann, dort ein Urlaubsjahr zuzubringen. Er weiß keinen Ort, an dem er lieber schreiben würde – nur hier kann er die Augen vom Text lösen und in den leeren Himmel starren. Arbeitsmaterial könnte er sich nach Bedarf aus der Bibliothek der Law School kommen lassen oder kurze Abstecher nach Cambridge machen. Camilla ist einverstanden; sie hat Max schon immer gedrängt, seine Ziele weiter zu stecken. Das Fogg-Museum ist, was ihre neue Arbeitszeit betrifft, sehr entgegenkommend: Sie wird nur zweimal pro Woche in der Highland Terrace übernachten müssen. Mit dem

Kauf eines Volvo Kombi, den sie trotz Charlies Protest angeschafft haben – der Name und die Pflaumenfarbe erinnern ihn an eine Vulva –, sind sie zu einer Zweitwagenfamilie geworden. Das Buch macht nur langsam Fortschritte, aber Max gewinnt zunehmend Freude daran, seinen Gedanken zu folgen, wohin sie ihn führen. Die Sätze, die er zu Papier bringt, um diesen Gedanken Ausdruck zu verleihen, gefallen ihm; jeder kleine Erfolg ist Grund zu neuer Freude für ihn. Als er im Frühling das Geschriebene durchgeht, kommt er zu der Überzeugung, die Sache sei es wert, weiterverfolgt zu werden. Er handelt danach eine unbegrenzte Verlängerung seines Urlaubs aus. Er spielt mit dem Gedanken, das Buch dem Andenken an Kusine Emma wie auch Camilla zu widmen. Der einen verdankt er die Freiheit zum Schreiben, der anderen sein neues Selbstvertrauen.

Mit der Rückkehr des guten Wetters erhöht sich das Tempo der sozialen Aktivitäten in Billington und den beiden Nachbarstädten, in denen sich Leute, auf die es ankommt, gern niederlassen. An derselben Straße wie Max' und Camillas Domizil, nur ein paar Häuser weiter, steht ein schmuckloser Bau hinter einer Eibenhecke. Sein Name, The Rookery, ist auf dem Briefpapier des Eigentümers unter einer eingravierten Krone zu lesen; es wohnen hier Lord und Lady Howe, ein älteres Ehepaar. Der Baron – der dritte, der diesen Titel trägt – stammt von einem Mann ab, der mit Kornmühlen reich wurde. Er ist Ornithologe und verheiratet mit einer Amerikanerin. Ihre Familie schneiderte Uniformen für die Armee – in einer Stadt unweit von Billington, in der reiche Leute sich nicht mehr niederlassen. Von Ende Juni bis Anfang September ist die Rookery Schauplatz von Festen, die sich hinsichtlich ihres Niveaus und ihrer Anziehungskraft mit denen von Charlie messen können. Das Essen kommt aus Büchsen oder aus der Tiefkühltruhe, aber es wird von einem englischen Butler serviert; man trägt Abendkleidung, und die Damen ziehen sich zum Kaffee in den rosa Salon zurück, von dem aus man denselben Blick wie von Max' Arbeitszimmer hat. Durch ihre Mütter sind Camilla und Lord Howe entfernte Verwandte. Die Rookery wird nun zum anderen Pol für Max' und Camillas Abend- und Wochenendleben. Die Freundschaft mit Charlie leidet nicht darunter: Er ist regelmäßig bei den Howes, und das adlige Paar erhält die Ehrenplätze, wenn Charlie und Toby ein Essen geben. Inzwischen findet Max es nur natürlich, daß Charlie und Ricky Howe schon miteinander befreundet waren, lange bevor Charlie sich zum Kauf eines Hauses im Tal von Billington entschied. Er teilt das allgemeine Bedauern darüber, daß die Howes wegen terminlicher Verpflichtungen nicht so lange im Tal bleiben können, bis das Laub im Oktober seine kräftigste Rotfärbung erreicht.

Zu den Hausgästen der Howes gehört Roland Cartwright, berühmt durch seine Filme vom Krieg in Vietnam und Laos. Sein Gesicht ist eindrucksvoll, er sieht aus wie ein Menhir. Seine Abreisen aus der Rookery sind nie vorhersehbar; er fährt, sobald Produzenten oder Geldgeber in Los Angeles und New York ihn rufen. Nach der Rückkehr erzählt er von Abschlüssen, die um ein Haar geklappt hätten. Mit ihm ist noch eine unerbittlich englische Stimme bei Tisch, jedoch in Vokabular und Tonfarbe verschieden von den beiden anderen: Camilla und Ricky sind ganz lakonisch, ihre Begeisterung bloß fröhliches Gemurmel, dieser Mann dagegen redet wie ein Buch, wie ein Wörterbuch für Dickens und die Rolling Stones. Ein Glück, daß Roland und Charlie beide so amüsant sind: Sonst wäre der Lärm nicht auszuhalten, wenn Charlie auch noch die Stimme erhebt. Roland hat überall auf der Welt Filme gemacht – auch in Griechenland. Dabei arbeitete er für Camilla den weltberühmten vierstündigen Cartwright-Rundgang durch Athen aus. Sie nahmen sich ausführlich Zeit für die Akropolis und das Archäologische Museum, und trotzdem reichte es noch zum Fischessen in einer Taverne in Piräus, bevor sie am Abend nach London zurückflog. Max hat es durchaus überrascht, daß Camilla mit Roland in Griechenland herumgereist ist, aber wieviel aus dem Leben eines anderen Menschen kann man schon erfahren? Die beiden waren sich bei einer Ausgrabung begegnet; sie schrieb Schildchen für Tonscherben, und er drehte eine Filmszene.

Trotz seiner Bemühungen ist Roland im Moment außerstande, einen Filmvertrag abzuschließen. Er hat Aussichten auf eine Stelle in der Abteilung Film der Boston University oder des MIT, vielleicht auf ein aus Sondermitteln finanziertes Programm. Er fährt oft und gern mit Camilla in die Stadt. Dabei ist der Volvo eine große Hilfe, weil die Filmgeräte, die Roland immer mitnehmen muß, darin gut Platz finden. Er übernachtet im Gästezimmer in der Highland Terrace. Manchmal läßt Camilla ihn in der Wohnung allein, wenn seine Geschäfte während ihrer drei Arbeitstage in Cambridge nicht erledigt sind; dann bringt sie ihn in der darauffolgenden Woche wieder mit nach Billington. Für sie ist es leichter und weniger unheimlich, in eine Wohnung zu kommen, in der Spuren menschlichen Lebens zu finden sind. Die Witwe im anderen Teil des Hauses wird immer hinfälliger. Wenn man dem Gärtner glauben darf, verläßt sie das Bett kaum noch. Nachts kommt eine Pflegerin, um Köchin und Dienstmädchen abzulösen.

Am vierten Juli zerrt sich Charlie bei Tenniswettkämpfen im Club den Rücken. Der Schmerz ist qualvoll und zieht bis ins linke Bein und dann auch in einen Arm. Der Papst unter den New Yorker Lendenwirbelspezialisten empfiehlt eine Operation, damit der Druck der beschädigten und abgenutzten Bandscheiben auf den Nerv nachläßt. Davon will Charlie nichts wissen; er haßt das Schneiden und

Nähen, wenn es um die eigene Haut geht. Das alternative Heilmittel ist Ruhe, und später, wenn der Schmerz nachgelassen hat, stehen Bodenübungen zur Kräftigung der Rückenmuskeln an. Charlies Entwurf für ein neues Museum in Rotterdam hat den ersten Preis in einem internationalen Wettbewerb gewonnen. Die Finanzierung des Projekts ist gesichert, so daß die Arbeit sofort beginnen kann. Zum Glück müssen in der nächsten Planungsphase statische Berechnungen und detaillierte Bauzeichnungen angefertigt werden, Arbeiten, die erledigt werden können, ohne daß Charlies Anwesenheit in seinem New Yorker Büro oder auf der Baustelle nötig ist.

Arbeitssitzungen können am Eichentisch in seinem Studio in Billington abgehalten werden; Zeichentische werden in der verglasten hinteren Veranda dort aufgebaut. Tobys Reaktion führt zu einem unerwarteten Problem, das Charlie nicht lösen kann. Charlie spricht mit Max darüber und fragt ihn um Rat. Vielleicht hofft er, daß Max Toby umzustimmen vermag. Offenbar will Toby nicht bei Charlie in Billington sein, solange ständig Leute aus dem Büro ins Haus kommen – er möchte nicht, daß man ihn für Charlies treusorgende »Hausfrau« hält. Aber in das New Yorker Büro will er auch nicht wieder zurück. Dort gibt es nichts für ihn zu tun; er war immer nur mit und für Charlie da und stand ganz zu dessen Verfügung; allein jedoch, ohne Charlie, werde er sichtlich nutzlos sein und zur Zielscheibe von Witzeleien werden. Das beweise nur, daß Tobys Platz in Billington sei, daß er hier notwendig gebraucht werde, um Charlie bei der Durchsicht von Artikeln zu helfen und Anrufe für ihn zu erledigen, versucht Max ihm klarzumachen. Toby aber ist halsstarrig. Hier braucht er mich auch nicht zum Arbeiten, wiederholt er beharrlich; soll er sich doch jemanden engagieren, den er für geeignet hält.

Max sieht, daß er für seinen alten Freund kein Kaninchen aus dem Hut zaubern kann. Toby ist ein Problem, erklärt er Charlie: Du hast ihn wie ein frühreifes Kind behandelt, und jetzt meint er, aus dieser Rolle herausgewachsen zu sein. Du wirst ihn gehen lassen müssen, damit er für sich selbst sorgen lernt und sich seinen Platz im Leben suchen kann, auch wenn dir nicht gefällt, was er findet.

Charlie antwortet: Ohne Toby halte ich es nicht aus. Wie das schärfer nagt als Schlangenzahn! Nein, dann sterbe ich.

Natürlich stirbt er nicht. Der August kommt wie mit Trommelschlägen über die Berkshires. Jeder Bungalow am Ufer des Stockbridge Bowl, jede umgebaute Scheune ist vermietet. Am Morpheus Arms Motel blinkt ganz rot vor Stolz ein »Belegt«-Zeichen. Ganze Busladungen von Touristen reißen sich um Antiquitäten und Ahornsirup vom letzten Jahr; in Tanglewood lagern sie alle auf dem Rasen. Charlie weigert sich, Leute aus seinem Büro oder dem des Statikers in seinem Haus zu beherbergen. Die,

die nicht flink genug waren, sich bei Freunden ein Quartier zu verschaffen, kommen jeden Morgen um halb zehn mit zwei Lieferwagen an und fahren um vier Uhr wieder ab. Dann ist Schluß mit Charlies Arbeitstag. In der Woche verbringt Max jeden Spätnachmittag mit Charlie. Zuerst geht er schwimmen, solange Charlie noch seinen Mittagsschlaf macht, und danach unterhalten sich beide und trinken Wein im dichten Schatten einer Rotbuche. Seit Tobys Abreise hat Charlie nicht mehr zum Essen eingeladen. Er behauptet, das sei zuviel Arbeit, das könne er seinem Rücken nicht zumuten, obwohl das polnische Hausmeisterehepaar auch am Tisch aufwartet und das Geschirr abwäscht. Er würde nicht im Traum daran denken, diese Frau Essen kochen zu lassen, das menschliche Wesen verzehren sollen. Also chauffiert Max Charlie zu den Howes, wenn die ein Essen geben, oder zu den van Lenneps. Claire van Lennep ist Französin und sieht immer noch gut aus; wenn man bei ihr ißt, kann man sich von dem Futter erholen, das bei Lady Howe auf den Tisch kommt. Sonst aber kocht Charlie Pasta, nur für sich und Max, und macht Salat dazu. Wenn das Programm in Tanglewood besonders verführerisch ist, fahren sie hin und hören sich ein Musikstück an. Ein ganzes Konzert kann man Charlies Rücken noch nicht zumuten.

Tatsächlich vertritt Camilla am Fogg-Museum zwei Kollegen, die unbedingt im August Urlaub nehmen

mußten – die Arme hat jetzt eine volle Stelle. So viel
Verwaltungskram ist liegengeblieben, daß sie die
Wochenenden braucht, um die Arbeit zu schaffen;
bei all der Hitze ist es wirklich leichter, am Wochenende gleich in Cambridge zu bleiben, statt sich
auf der überfüllten Autobahn durchzukämpfen,
erst aufs Land und dann wieder in die Stadt zurück.
Roland hat die Stelle an der Boston University ergattert und bereitet seinen Kurs vor. Auch er muß
also in der Stadt bleiben. In Cambridge hat es eine
Serie von Einbrüchen gegeben. Max schlägt vor,
das Arrangement, daß nämlich Roland seine
Nächte meist in der Highland Terrace zubringt,
nun offiziell zu machen: Er kann zur Untermiete
dort wohnen, solange Max im Urlaub ist. Daß er
das Haus hütet, soll als Miete gelten, außerdem
kann er der Putzfrau, die ihn sowieso anbetet, ab
und zu ein Geschenk machen. Zu Rolands Stelle gehört Geld für einen Hilfsassistenten, und diesen Posten erhält der überglückliche Toby. Nach Charlies
Meinung ist das besser als jede andere Lösung – fast
so gut, wie wenn Toby bei ihm bliebe, was zur Zeit
unmöglich scheint: Wenigstens weiß er jetzt mehr
oder weniger, wo Toby ist und was er treibt. Aber
Toby weigert sich, mit Roland zusammen in die
Wohnung in Highland Terrace zu ziehen. Versucht
nicht, mich in die Falle zu locken, sagt er, als man
ihm diesen Vorschlag macht. Er mietet ein Ein-
Zimmer-Studio, ein Bumsnest, sagt Charlie, in der
Nähe der Symphony Hall. Sein Anrufbeantworter

verkündet: Wenn du meine Stimme erkennst, hast
du die richtige Nummer gewählt. Fühle dich nicht
verpflichtet, etwas aufs Band zu sprechen.

Am Freitagnachmittag vor dem Labor Day Wochenende im September setzt der Volvo Toby bei
Charlie ab und Roland bei den Howes. Durchs of-
fene Fenster seines Arbeitszimmers hört Max die
Räder auf dem Kies knirschen und sieht das Auto
rasch zur Rookery weiterfahren. Über eine Stunde
vergeht. Camilla ist immer noch nicht wieder da;
angerufen hat sie auch nicht. Maxens Ungeduld
weicht nervösem Unbehagen. Lähmende Ängstlich-
keit, nicht frei von Scham, befällt ihn, ein Gefühl,
das er seit Jahren nicht mehr hatte; er verkrampft
sich so, daß es schmerzt. Nichts von dem, was unter
anderen Umständen selbstverständlich wäre, bringt
er jetzt fertig – aber wie sind denn die jetzigen Umstände? Er ruft Camilla nicht bei den Howes an,
und fährt auch nicht mit dem Rad hinüber. Als das
Auto zurückkommt, hört er die Wagentür knallen
und lauscht Camillas Schritten in der Einfahrt und
dann auf der Treppe im Haus; er bleibt aber wie an-
gewurzelt am Schreibtisch sitzen, bis Camilla in der
Tür steht und seinen Namen ruft.

Bist du böse, weil ich zu lange bei Ricky war?

Warst du dort? Das wußte ich ja gar nicht. Natürlich bin ich nicht böse.

Ob sie ihm glaubt, daß er ganz in die Arbeit an seinem Buch vertieft war, daß seine gerühmte Konzentration keinen Augenblick nachgelassen hat? Er tut

jedenfalls so – und das gehört zu dem Theater, das
er ihr vorspielt und das sie ruhig durchschauen soll.
Er möchte sie merken lassen, daß er verletzt ist,
aber darüber nicht reden will. Währenddessen
nimmt er ihr Gepäck und trägt es ins Schlafzimmer.
Ihr Kleid ist eine Art ärmelloses blaues Nachthemd
mit roten Querstreifen; als sie es auszieht, hat sie
nichts darunter an, sie ist unbekleidet bis auf die
Sandalen. Sie bückt sich, um die Riemchen zu lösen.
Sofort will Max sie haben. Zwei Wochen sind ver-
gangen, seit sie zuletzt miteinander geschlafen haben. Sie schiebt ihn weg: Leider hat sie irgendeinen
Pilz in sich, etwas wie Hefe. Vielleicht kommt das
von der Hitze, der Arzt weiß nicht, was es ist. Sie
soll abwarten, bis es von allein heilt.
Jetzt kann er nicht mehr zurück. Flüsternd bittet er
sie um einen Gefallen, den sie ihm sonst bereitwillig
tut.
Du Ärmster – aber ich kann nicht; erst, wenn ich
wieder kuriert bin. Wenn du mich anmachst, will
ich es haben, und dann werde ich innen so feucht.
Es ist jetzt der Abend, an dem die Howes ihr all-
jährliches Sommerfest mit Tanz geben. Gäste von
Rang und Namen sind angereist, von kleinen Inseln
in Maine, aus Sommerlagern in den Adirondacks
oder abgelegenen, unbekannten Feriendomizilen:
Sie belegen sämtliche Gästezimmer in der Rookery.
Nicht alle haben dort Platz gefunden, der Rest
wird, je nach Rang, bei den einheimischen Freunden der Howes untergebracht. Max haben sie die

Einquartierung erspart, weil die arme Camilla erst
in letzter Minute aus Cambridge kommen kann
und jeder weiß, daß er damit überfordert wäre.

Camilla sitzt in der Badewanne und läßt ihre Haut
weich werden. Max, der schon umgezogen ist, be-
trachtet sie aus der Entfernung; er lehnt am Wasch-
becken. Sie bittet ihn, ihr den Rücken mit dem Luf-
fa-Schwamm zu schrubben, und erklärt, daß sie mit
Roland und Ricky Gin getrunken und zugesehen
hat, wie die Band ihre Vorbereitungen traf. Dann
sind Roland und sie kurz in den Teich gesprungen.
Das Schwimmen war herrlich; kein Chlor, kein
Brennen in meiner Muschel.

Der Schnüffler in Max nimmt die Fährte auf. Ihr Bi-
kini war doch ganz trocken, als sie ihn aufs Bett ge-
worfen hat. Sie sind also nackt geschwommen.
Aber warum regst du dich auf, Blödmann? Das
kann er schließlich jede Nacht haben, in deinem eigenen Bett in Terrace Hills! Bist du jetzt im Bild?
Nein, Max versteht gar nichts. Diesen drittklassi-
gen Film will er sich nicht länger antun. Roland ist
zu alt für Camilla; und hat Charlie nicht mal gesagt, er sei auch so ein englischer Schwuler? Wenn
der jemanden bumst, dann Ricky Howe oder Toby.
Gib deinem Sam Spade sein Geld bar auf die Hand
und schick ihn nach Hause! Max ist sehr zärtlich
mit Camilla, während sie sich anzieht, während des
Essens dann bei Charlie und auch danach, als sie
beim Tanzen im grünweißen Sarazenenzelt ihren
Körper gegen seinen drängt. Ihre Zunge ist in sei-

nem Mund. Er bewegt seinen Arm ein wenig, so
daß seine Finger nun das Haarbüschel in ihrer Ach-
selhöhle berühren. Ja, sie schwitzt. Sie zieht die
Zunge zurück. Sie pustet ihm ihren heißen Atem ins
Ohr und flüstert, vergiß meinen Pilz!
Am Montagabend gleich nach dem Essen werden
sie sich wieder auf den Weg nach Cambridge machen – Camilla, Roland und Toby, so wie sie auch
gekommen sind. Camilla wird fahren. Sie schafft es
immer, nüchtern zu bleiben.
Und was für ein schönes Essen Charlie an jenem
Montag hergerichtet hat! Die Gäste der Howes sind
abgereist oder unterhalten sich anderweitig, so daß
nur die kleine Clique und die van Lenneps da sind.
Für die Lenneps gleicht das einer Beförderung:
Charlie hat ein zwanghaftes Bedürfnis, sich mit
schönen Frauen zu umgeben. Seit Camilla so häufig
fort ist, läßt er sich von Claire van Lennep beim
Blumenstecken helfen; außerdem hat er herausge-
funden, wie gut sie Französisch vorlesen kann.
Ricky hat einen wunderbaren Rotwein mitgebracht. Den kann ich nicht zu Hause trinken, erklärt er, das Essen ist zu schlecht bei uns. Charlies
Rücken hat sich gebessert, doch das Hauptgericht
hat ohnehin Toby zubereitet – ein libanesisches
Hühnchen-Kuskus, mit viel Koriander und Minze.
Es ist wie in alten Zeiten, aber keiner sagt das. Dafür reden sie alle über Beirut und das hoffnungslose
Chaos dort. Tobys Vater lebt jetzt in Kairo. Wie
wäre es eigentlich, wenn sie zu Weihnachten alle

nach Ägypten führen? Er könnte die Nilreise für sie organisieren; Edwina Howe meint, daß sich das nur lohnt, wenn man ein Schiff mit einer Crew chartert, die nicht wie fauliges Hammelfleisch riecht. Die van Lenneps halten sich mit einem Kommentar zurück, was Max wiederum sehr schade findet; er hat den Verdacht, daß eine solche Reise jenseits ihrer finanziellen Möglichkeiten liegt. Aber Edwina flötet begeistert: Toby, mein Schatz, ruf deinen Vater an. Natürlich ist es in Ägypten jetzt fünf Uhr morgens, und der liebe Junge ist aus dem Zimmer gegangen; als er wiederkommt, sind sie bei einem anderen Thema. Max sieht, daß Tobys Gesicht sich gerötet hat – von der Sonne oder vom Herd – und daß seine Stirn höher geworden ist. Hat sich etwa sein Haar gelichtet, oder wirkt das nur so, weil er es inzwischen wachsen läßt?

Als die anderen sich verabschieden, sagt Max zu Charlie, er wolle noch auf ein Glas bleiben. Sie setzen sich auf die Veranda, trinken Brandy. Ein abnehmender Mond hängt am Himmel. Auf der anderen Talseite kann man die Lichter von Maxens Haus sehen, einsam und hell. Bei den Howes ist nur die Außenbeleuchtung eingeschaltet. Charlie fängt an zu weinen, ab und an schluchzt er auf. Max erhebt sich aus seinem Stuhl, setzt sich neben Charlie aufs Sofa und legt ihm den Arm um die Schultern. Schsch, sagt er, er kommt ja bald wieder.

Ich weine nicht deshalb. Ich weine, weil ich mein Herz gegen ihn verhärtet habe.

Nach einer Weile hört das Schluchzen auf, und Max läßt Charlie los.

Wie meinst du das? fragt er.

Ich trauere über den Tod der Liebe. Das macht mir das Herz schwer, nicht, daß er weggegangen ist, nicht mehr. Wenn er nicht hier ist, denke ich jeden Tag viele Stunden lang überhaupt nicht an ihn. Anfälligkeiten des Herzens sind das.

Und dann sagt Charlie noch: Hast du seine Augen gesehen? Er nimmt wieder Drogen. Deshalb mußte er aus dem Zimmer gehen.

Les très riches heures... plötzlich sind die Ferien zu Ende, für die Erwachsenen genauso wie für die Kinder. Charlie fühlt sich wieder so stark wie früher. Er beschließt, nach New York zurückzukehren und zu arbeiten wie zuvor. Als Toby ihm gesteht, daß er lieber in Boston bliebe und daher den Job in Charlies Büro in New York nicht wieder machen will, reagiert Charlie äußerst gelassen. Die Gelegenheit, Erfahrungen mit dem Filmen zu sammeln, soll man sich nicht entgehen lassen, Roland ist ein Künstler, Toby möchte Billington doch als Wochenendheimat betrachten. Wenn er will, kann er Freunde mitbringen, sie sollen nur nicht gerade auf den Fußboden im Bad pissen. Und Max läßt er wissen: Wenn er den Bus nehmen muß, bekomme ich ihn nicht zu sehen, das weiß ich. Deshalb gebe ich ihm den Jeep und melde ihn auf seinen Namen an. Dann muß er auch die Strafzettel selbst bezahlen.

Die University Press hat Maxens Manuskript zur Begutachtung an Kollegen in den Vereinigten Staaten und England geschickt. Er ist zuerst einigermaßen überrascht und dann ganz überwältigt von der Wärme und Bewunderung, die ihm aus ihren Gutachten entgegenschlägt. Der Dekan bittet Max, doch zu überlegen, ob er nicht im nächsten Semester wieder lehren möchte. Das Buch scheint publikationsreif zu sein, und selbst wenn Max einige Passagen noch überarbeiten wollte, hätte er bis Weihnachten reichlich Zeit dafür. Max hat das Gefühl, daß die Law School jetzt – zum ersten Mal vielleicht – seine Zugehörigkeit zur Fakultät nicht nur deshalb für gerechtfertigt hält, weil er den akademischen Hindernislauf erfolgreich absolviert hat und sich anständig benimmt, sondern auch andere gute Gründe dafür in Erwägung zieht. Er akzeptiert den Vorschlag des Dekans dankbar. Kurz danach setzt sich der allseits verehrte Inhaber des Eliah-Holzmann-Lehrstuhls für Jurisprudenz zur Ruhe, und Max wird sein Nachfolger, der fünfte Eliah-Holzmann-Professor. Camilla gratuliert ihm zu der hohen Ehre und verletzt ihn auch: Sie kichert, daß der Name wie maßgeschneidert auf ihn paßt.
Roland bewohnt ein Appartement in einer Nebenstraße des Central Square. Die Gegend ist verrufen. Er muß die Fenster vergittern und die Wohnungstür mit einer Eisenstange sichern lassen. Unten an der Stange ist ein Haken, der sich in eine am Fußboden festgeschraubte Öse einklinkt. Damit soll verhin-

dert werden, daß Nachbarn, die die Tür vielleicht eintreten möchten, zum Ziel kommen. Diese Umstände bedenkend, findet Max es sehr liebenswürdig von Roland, daß er so schnell aus der Highland Terrace ausgezogen ist. Nicht daß man sich Sorgen um Rolands persönliche Sicherheit machen müßte: Er hat sich eine gebrauchte Harley-Davidson gekauft und läuft in schwarzen Jeans, schwarzen Stiefeln und Lederjacke herum. Man kann ihn von den hier ansässigen Ganoven nicht mehr unterscheiden.

Boston zieht britische Besucher an wie ein Fliegenfänger. Die Rektoren von Colleges in Oxford und Cambridge wohnen beim Präsidenten von Harvard oder in einem der Häuser der Universität; die Glanzlichter weniger elitärer Kulturgemeinschaften behelfen sich, so gut sie können. Max beobachtet ein ihnen allen anhaftendes Stammesmerkmal: die Abneigung gegen Hotels. In der Highland Terrace finden Nacht für Nacht eine ganze Reihe von Männern und Frauen aller Altersstufen, Freunde Camillas, ihrer Eltern oder Rolands, die mit berühmten Schriftstellern oder Politikern irgendwie verwandt und beim Frühstück recht schwatzhaft sind, erholsamen Schlummer, im Gastzimmer, in Maxens Arbeitszimmer und auf den breiten Liegesofas im Wohnzimmer. Ständig wiederholen sie ihre Erkenntnis, wie klein die Welt doch sei. Roland kümmert sich um die abendlichen Mahlzeiten: langwierige Veranstaltungen in seiner Wohnung ohne klar definierte Anfänge und Enden. Die Musik ist brutal laut. Man ißt Rippchen aus einem Soul-Restaurant nebenan, auch Thai-Suppe und Pappadum. Max hat den Eindruck, daß diese Wohnung der letzte Ort an der Ostküste ist, an dem Erwachsene noch Pot rauchen. Toby bestätigt ihm das. Oft sitzen sie bei diesen Partys nebeneinander. Es ist ein schönes Gefühl, zu wissen, daß man sich schon lange kennt. Gelegentlich bringt Toby einen jungen Mann mit, der im dritten Jahr Jura an der Boston University studiert und als Gasthörer an Rolands Kurs teilnimmt. Ein bebrillter schüchterner Mensch ist das, dessen Körper muskulös und zugleich merkwürdig verkrampft ist. Max und der junge Mann, der Mike heißt und bei Max Verfassungsrecht hört, diskutieren ein heißes Thema: Stellenbesetzungen nach den neuen Vorschriften zur Förderung der Gleichberechtigung und Kompensation vorangegangener Diskriminierung. Toby bittet Max, sich für Mike bei Charlie zu verbürgen, bevor er zum erstenmal nach Billington mitkommt.

Es ist nicht immer ganz einfach für Max, seine Arbeit zu unterbrechen, um Camilla zu Rolands Partys zu begleiten, die nahezu Abend für Abend stattfinden; und dort bis zum Schluß auszuharren, fällt ihm noch schwerer. Camilla bleibt gern lange auf. Sie muß natürlich auch nicht vor elf Uhr morgens im Fogg-Museum sein, während Max schon um neun Uhr seine erste Vorlesung hält. Zum Glück ist sie nicht böse, wenn er nicht mitkommt oder früher verschwindet. Er läßt ihr das Auto. Um diese Tageszeit findet man am Central Square leicht ein Taxi, und besonders gefährlich ist es dort auch nicht.

Die Rezensionen von Maxens Buch sind überaus positiv. Sie erscheinen sogar in den wichtigen überregionalen Tageszeitungen und in auflagenstarken Zeitschriften, nicht nur in juristischen Fachblättern. Man sagt ihm, daß er vielleicht einen Bestseller geschrieben hat. Gegen Semesterende wird Max gebeten, für das *Sunday Times Magazine* einen Leitartikel zur Krise der Quotenregelung nach Rassenzugehörigkeit zu schreiben. Die Zeit bis zum Abgabetermin ist kurz. Er hat keine Erfahrung mit Artikeln dieser Art und findet es schwierig, seinen Gedankengang so knapp darzustellen, daß der ihm eingeräumte Platz reicht. Er muß bis spät in die Nacht hinein arbeiten, und so bemerkt er, daß Camilla um drei oder vier Uhr morgens immer noch bei Roland ist. In der Nacht danach zwingt er sich dazu, stündlich aufzuwachen, um herauszufinden, wann sie nach Hause kommt. Als die Garagentür sich öffnet und dann wieder zugeschlagen wird, ist die Sonne schon aufgegangen. Eines Abends, als sie fort ist, öffnet er schamrot das Kästchen, in dem sie ihr Diaphragma aufbewahrt. Das Kästchen ist leer. Von da an wiederholt er diese Kontrolle mehrere Wochen lang, immer wenn sie allein ausgeht, und jedesmal haßt er sich selbst dafür. Das Ergebnis ist immer dasselbe. Schließlich legt er einen Zettel dorthin, wo das Diaphragma sein müßte. Darauf hat er geschrieben: »Mit wem benutzt du es?« Am nächsten Morgen schläft sie noch, als er zur Law School geht. Da sie kaum je vor sechs Uhr aus dem Fogg-Museum kommt, beeilt er sich nicht mit dem Heimweg. Aber als er zu Hause ankommt, ist sie schon da und bereitet das Essen vor. Er fragt sich, was ihn nun erwartet. Mit Kate gab es ständig Streit. Camilla und er hatten nie Auseinandersetzungen. Sie nimmt den Gin an, den er ihr anbietet, und fragt: Hat deine Mutter dir nicht beigebracht, daß man anderer Leute Eigentum in Ruhe läßt? Doch, natürlich.

Wie recht sie hatte. Ich trage das jede Nacht, weil ich prüfen will, ob ich allergisch darauf reagiere oder ob irgendwas anderes nicht mit mir stimmt.

So ist das also. Er entschuldigt sich und ist nur zur Hälfte überzeugt, daß sie die Wahrheit gesagt hat. Sie kommen beide nie mehr auf dieses Thema zurück.

Das Memorial Day Wochenende rückt näher und damit die Abschlußfeier an der Harvard Universität. Camilla muß in der Stadt bleiben. Sie hat so viel zu tun. Das Fogg-Museum bereitet eine besondere Veranstaltung für den Aufsichtsrat und die Kommission vor, deren Besuch das Fine Arts Department erwartet. Max fragt, ob sie es ihm übelnimmt, wenn er ohne sie nach Billington fährt; ihm ist gar nicht wohl bei dem Gedanken an die stickige Hitze

in Cambridge, seine eigene lustlose Schläfrigkeit
über dem Korrigieren von Examensarbeiten, das
stundenlange abendliche Warten auf Camillas
Rückkehr aus dem Museum und die Anrufe aus
lauten Lokalen irgendwo im Nordend. Ich sitze hier
fest und esse eine mehr als gräßliche Pizza. Komm,
sei ein Engel, spring ins Auto und leiste uns Gesellschaft. Nein? Dann bringt mich eben Roland auf
der Lenkstange nach Hause.
Camilla nimmt es ihm nicht im mindesten übel.
Also wird er nur zur Abschiedsfeier nach Cambridge fahren, um seine Pflicht zu erfüllen und als
Holzmann-Professor in der akademischen Prozes-
sion mitzumarschieren. Toby ruft an. Er hat eine
üble Sommergrippe erwischt und fühlt sich zu
elend, um selbst zu fahren. Ob Max ihn mitnehmen
könnte? Sie fahren erst spät ab. Auf der Autobahn
jagt Max den Jaguar hoch. Er hat sich seit Jahren
keinen Strafzettel für zu schnelles Fahren mehr ein-
gehandelt. Jetzt läßt ihn das völlig kalt — selbst
wenn er angehalten würde. Die Nacht ist ihm die
liebste Tageszeit: schwarze Einsamkeit, Verzaube-
rung. Er wirft einen Blick auf Toby, der mit offenem Mund schläft. Eine Weile danach wacht er auf
und bittet Max, anzuhalten. Nebeneinander urinie-
ren sie am Straßenrand, im bernsteinfarbenen Schein
des Standlichts. Dann geht es weiter. Max dreht die
Stereoanlage leise, damit sie sich unterhalten können. Toby erzählt ihm, daß er seinen Vater getroffen hat. Der war nach Boston mit seiner neuen Frau

gekommen, einer libanesischen Mohammedanerin, die in Mount Holyoke im College war. Nicht viel älter als Toby, aber wie aus den fünfziger Jahren übriggeblieben: gezupfte Augenbrauen, glänzende braune Haare, in Locken hochgetürmt und mit Haarspray in Form gehalten – wie ein Hochzeitskuchen; die Haut weich und cremig, vielleicht, weil die Frau zu dick ist, die Finger voller Ringe und dazu eine geradezu unglaublich korrekte Kleidung. Alles an ihr paßt zur gelben Seidenbluse oder zu dem Nagellack, und alles ist von Hermès. Die neue Regelung ist nun die, daß Toby seinen Unterhalt aus einem Fonds bekommt, so-und-so-viel pro Monat, genug, um zu leben, wie er es jetzt tut, und um die Krankenversicherung zu bezahlen. Ruf nur Papa nicht an; er wird sich selbst melden, wenn ihm danach ist. Die haben vielleicht wegen der Versicherung herumgezickt! Kann ich ihn nicht irgendwie verklagen, damit ich etwas von seinem Vermögen bekomme? Ich bin das einzige Kind – bis jetzt.

Nicht vor seinem Tod, erklärt ihm Max.

O nein. Der ernährt sich von Halvah, bis er alt und runzlig ist.

Toby döst wieder ein. Als er aufwacht, erzählt er Max, er habe Angst. Die Arbeit für Roland ist nichts: nur Filmgeräte herumschleppen und den Projektor bedienen. Die anderen Kids holen dabei vielleicht etwas für sich heraus, wer weiß, ein Diplom zum Beispiel, das sie ihrem Lebenslauf beiheften. Aber wer will schon einen Assistenten eines

Menschen anheuern, der Seminare über Filmema-
chen hält? Es sieht zudem nicht so aus, als würde
Roland noch mal wieder einen Film machen; dazu
ist er zu verschroben geworden, zu weit weg von allem, was jetzt läuft. Er hätte auf Charlie hören sollen: zu Copper Union oder zu Pratt gehen, von der
Pike auf lernen, Designer werden. Charlie ist der
einzige, der sich über seine Zukunft Gedanken
macht.
Es ist noch nicht zu spät, beruhigt ihn Max. Charlie
kann jeden in seine Pläne miteinbeziehen, auch so
spät im Jahr noch. Max fragt, ob das Unterhalts-
geld aus dem Fonds für die Studiengebühren und
die Lebenshaltungskosten in New York reicht. Toby
vermutet, halbtags bei Charlie arbeiten zu können,
wenn die Hochschule ihn aufnimmt; vielleicht darf
er ja sogar bei Charlie wohnen. Max kann sich genau vorstellen, wie glücklich Charlie sein wird,
wenn er erfährt, was der Junge wirklich will, aber
er beschließt, dazu nichts mehr zu sagen. Sonst
fürchtet der Junge noch, in eine Falle zu laufen.
Also fragt Max ihn nach seiner Mutter. Auch sie
wird aus dem Fonds bezahlt, und zwar so, daß die
Kosten für ihren Unterhalt und für eine Pflegerin
gedeckt sind.

Der Nachmittag der Abschiedsfeier. Der Himmel
ist makellos, als hätte ihn jemand gewaschen. Max
begibt sich auf den Weg zur Highland Terrace,
leicht beschwipst von dem Rumpunsch, der im

Harkness Quadrangle für die Jurastudenten und ihre Eltern serviert wurde. Man sollte das Zeug nicht auf leeren Magen trinken, aber das Buffet stinkt nach Mayonnaise und Thunfisch. Der Gipfel der Scheußlichkeit! In der Menschenmenge auf dem Rasen steht ein alter Kommilitone von Max. Als er erklärt, was ihn hierhergeführt hat, wird seine Anwesenheit mehr als verständlich. Er hat einen Sohn, der sogar an einem Seminar von Max teilgenommen hat – auch wenn Max bei diesem Sohn natürlich nicht an den Vater gedacht hat. Ja, erklärt der stolze Vater, mein Sohn ist im zweiten Studienjahr! Eine Frau, ein Kind, ein Haus. Der Kommilitone lacht. Er arbeitet in der Hypothekenabteilung einer Versicherungsgesellschaft in Hartford. Geschieht ihm recht. Diesen Spruch »Eine Frau...« muß er schon tausendmal losgelassen haben. Zu Hause wartet Camilla im kühlen Schatten des Gartens. Sie bringt Max ein Glas Eistee mit Minze. Von Präliminarien hält sie wirklich nichts: Sie wird nach London gehen – man hat ihr eine Stelle an der National Gallery angeboten, die sie unmöglich ablehnen kann. Er läßt diese Neuigkeit in sich einsinken und mit ihr die Erkenntnis, daß sie nicht fragt, ob er vielleicht bereit wäre, auch nach London zu ziehen und bei ihr zu sein.

Camilla beobachtet ihn, wie er die Glyzinien anstarrt, die gerade blühen. Er ist rot im Gesicht, aber das kommt von der Hitze. Er hat den Ärger bereits hinuntergeschluckt; der liegt ihm nun in den Därmen und wird dort verrotten wie die Feldmaus in der Schlange. Seine Finger liegen bewegungslos und flach auf der Glastischplatte. Sie wendet die Augen ab. Als sie wieder zu ihm hinschaut, sieht sie, daß er eingeschlafen ist.

In der Woche danach reist sie ab, genauso wie sie in die alte Wohnung in der Sparks Street eingezogen ist, mit einem einzigen großen Koffer, der alle ihre Habseligkeiten faßt: die Bluejeans, die sie so sorgfältig pflegt, Samtröcke in vielen Pastelltönen, lange Kleinmädchenkleider, Wollsocken und Unterwäsche, die sie zu festen Bällchen zusammengerollt hat. Der Koffer ist so schwer, daß sie ihn nur gebückt schleppen kann – Max erbarmt sich, nimmt ihn ihr fast mit Gewalt ab und wuchtet ihn in den Kofferraum des wartenden Taxis. Alles andere bleibt bei Max: außen am Fenster des Schlafzimmers im oberen Stockwerk das durchsichtige Vogelhäuschen – jetzt zweckentfremdet, weil seine Kundschaft sich an der sommerlichen Nahrungsfülle gütlich tut; die Brandlöcher, die Camillas Zigaretten auf dem chinesischen Chippendaletischchen hinterlassen haben; eine Fülle von Arrangements, bei deren Anblick Max fürchtet, weder genug Energie zu haben, sie zu beseitigen, noch genug Geschick, sie zu erhalten.
Noch im selben Sommer wird die Scheidung im Schnellverfahren vollzogen. Sie treffen sich im Büro des Rechtsanwaltes, der für Maxens Treuhandge-

schäft zuständig ist. Nachdem die Dokumente un-
terzeichnet sind, hält sie Max ihre Hand entgegen
und dann die Wange, die er küßt.
Wir haben wie feile Mitgift unser Herz verschmäht!
sagt sie zum Abschied.

V

MEINE MIETER haben beim Auszug überall ihre Spuren hinterlassen – beklagte ich mich bei Charlie. Wirklich merkwürdige Leute. Alle Schubladen haben sie ausgelegt! Weißes Linoleum mit roten Erdbeeren! Überall klebt das Zeug, hier in der Küche, in den Schreibtischschubladen, im Schlafzimmer, überall im ganzen Haus. Sieh dir das an: eine Gemüsepresse! Ein elektrischer Messerschleifer und ein Winkelhaken an der Wand für ihr Monster von Staubsauger! Das Ding selbst steht in der Speisekammer, eingestöpselt, damit es Kräfte sammelt. Man kann es direkt atmen hören. Was glaubst du: Werden die Leute eines Tages hier vorfahren, sich mit dem Schlüsselbund, den sie aus Versehen nicht zurückgegeben haben, Einlaß verschaffen und sämtliche Geräte wieder abholen? Wenn ich's mir recht überlege, sind das hier eigentlich keine Spuren, sondern so etwas wie Haustiere, die sie ausgesetzt haben! Das kommt ja immer wieder vor, daß Leute am Ende des Sommers ihre Haustiere in einem gemieteten Haus zurücklassen: den Hund binden sie am Kirschbaum an, damit sie nicht ertragen müssen, wie er ihrem abfahrenden Auto hinterherläuft.

Wir saßen zusammen in der Küche und tranken Tee. Zum erstenmal nach zwei Jahren war ich nach

Billington zurückgekommen und hatte Charlie wiedergesehen.

Nach der Scheidung war ich vor allem beschämt und verlegen: Mit ziemlicher Sicherheit hatte sie mich zum Narren gehalten. Ich konnte mich, dachte ich, leichter in Cambridge verkriechen als in Billington am Wochenende. Zum Glück fand der Makler – Charlie hatte für mich Kontakt mit ihm aufgenommen – schnell einen Bestseller-Autor, der unbedingt einen befristeten Mietvertrag für ein Haus in Billington abschließen wollte. Eigentlich verfolgte er das Ziel, sich im Tal anzukaufen; es konnte ja sein, daß ich, wenn meine augenblickliche Stimmung anhielt, ihm in absehbarer Zeit mein Eigentum verkaufen wollte. Er brachte seinerseits noch eine Ehefrau in den Handel ein, die offenkundig willens war, sich um den Garten zu kümmern, und zwei kleine Kinder mit Himmelfahrtsnasen. Gern befaßte ich mich in Gedanken mit den Kindern, stellte mir vor, wie sie in meinem Schwimmbecken schwimmen lernten und gegen Jahresende, gut verpackt in Schneeanzüge und gestrickte Skimützen, mit meinem Flying-Eagle-Schlitten die Wiese hinunterrodelten. Daß er in der Garage stand und benutzt werden konnte, hatte ich ausdrücklich erwähnt. Das Bild, das ich mir ausmalte, hatte Ähnlichkeit mit gewissen Vorstellungen, die dank Camillas Vorkehrungen zur Geburtenkontrolle im Keim erstickt worden waren.

Toby war im Sommer meiner Scheidung in Cambridge; er hing herum, wie er sagte. Wir trafen uns oft. Er wartete dann in der Küche auf mich, wenn ich aus meinem Büro in der Langdell Hall nach Hause kam. Eine Erfrischung hielt er auch bereit, nach einem der Rezepte für Sorbet oder italienisches Eis, die er ständig ausprobierte. Manchmal war die Hitze in Cambridge so drückend, daß wir nicht im Garten saßen, sondern die Klimaanlage einschalteten und uns mit Tobys Getränk ins Haus flüchteten. Wir führten nostalgische Gespräche über Camilla, als wären wir ihr in längst vergangenen Zeiten begegnet; er wollte mich wohl trösten, ohne daß ich die Absicht merken sollte. Pratt hatte ihn tatsächlich als Studenten mit Ausnahmeregelung aufgenommen; und bei Charlie würde er halbtags arbeiten. Aber bei ihm zu wohnen, hatte er nicht vor. Als er die monatliche Überweisung von seinem Vater und sein Gehalt zusammenrechnete, schien ihm das ausreichend zur Finanzierung eines Zimmers in einem Haus ohne Fahrstuhl.

Meine Mutter war die letzte – und vielleicht die einzige –, der ich regelmäßig und ohne besonderen Anlaß schrieb und die ich immer wieder anrief. Die Korrespondenz, die ich sonst führte, blieb im Rahmen von Dank- und Empfehlungsschreiben für eine Stelle oder ein Stipendium. Telefonisch »Bekanntschaften zu pflegen«, liegt mir nicht. Deshalb war ich nicht weiter überrascht, als mir klar wurde, daß ich den Kontakt mit Charlie erneut verloren hatte.

Dafür, daß er so große Worte über seine besondere Zuneigung zu mir gemacht hatte, war er ausgesprochen still und abwesend. Unsere Freundschaft schien wieder ihren früheren Platz irgendwo im Niemandsland unverbindlicher Zufallsbegegnungen eingenommen zu haben, mit einem Unterschied allerdings, zumindest für mich: Früher hatte ich nichts von ihm erwartet, jetzt aber fürchtete ich, daß ich, wenn ich ihn in Zukunft traf, mit den Gewohnheiten und Erwartungen zurechtzukommen hatte, die das Leben in Billington und Camillas Anwesenheit geschaffen hatten. Leider.

Das zweite Band, das mich mit Billington und Camilla verknüpfte, riß am Ende des Sommers auch durch einen Abschied – dies aber auf eine eher komische Art und unter Begleitumständen, die mir lange nicht aus dem Sinn gingen. Die Boston University hatte Rolands Lehrauftrag nicht verlängert. Weder er noch Camilla hatten diesen Rückschlag erwähnt, sogar Toby hatte nichts gesagt, obwohl er ohne Roland auch keine Arbeit mehr hatte und seine Entscheidung, sich am Pratt-Institut für einen neuen Beruf ausbilden zu lassen, damit im Zusammenhang stand. Roland selbst erzählte mir das schließlich, als er eines Tages am späten Nachmittag in der Highland Terrace auftauchte und alle möglichen Haushaltsutensilien zurückbrachte, die er sich von Camilla geliehen hatte. Er wollte bald wieder nach England, wegen einer vom British Arts Council ausgeschriebenen Stelle, die vielversprechend klang. Ob ich sein Motorrad brauchen könne? Mitnehmen wollte er es nicht. Ich spürte, wie sich Gehässigkeit gegen Roland in mir sammelte und sich ein Ventil suchte: Ich hatte nicht übel Lust, ihn kalt abfahren zu lassen. Andererseits aber sträubte ich mich – eher irrational – dagegen, daß diese letzte Begegnung so schnell ein Ende finden sollte. Ich dachte noch einmal nach und sagte dann, ich könnte das Motorrad ja ausprobieren, und wenn ich mit dieser schweren Maschine zurechtkäme, würde ich sie kaufen.

Nein, ich will sie dir schenken. Du bist immer sehr geduldig und freundlich gewesen.

Ich entgegnete, ich würde das Motorrad nur kaufen oder gar nicht nehmen. Wie ich erwartet hatte, protestierte er nur schwach.

Später, als wir eine Pizza in Camillas Lieblingslokal im North End aßen und bei der zweiten Flasche Piemonteser Wein angekommen waren – wir hatten eine Probefahrt mit der Harley-Davidson hinter uns, damit ich unter Rolands Aufsicht testen konnte, ob ich mich im Bostoner Stadtverkehr zu behaupten vermochte –, stellte ich die Frage. Hatte er mit Camilla geschlafen?

Nein, oder eigentlich doch, ja. Ein- oder zweimal, vor Jahren, noch vor der Griechenlandreise. Griechische Prähistorie, lachte er.

Und hier?

Nie. Als ich es dann gern getan hätte, trieb sie es schon mit Toby. Ganz verrückt war sie nach ihm.

Ein Experiment, das aber nicht funktionierte. Macht ja wohl nichts, wenn du das jetzt weißt, oder?

Im Winter danach fuhr ich mit meinem Motorrad zur Langdell Hall und zu Essenseinladungen nach Cambridge und Boston, die mir wieder einmal zeigten, daß die Aufmerksamkeit, die man mir widmete, nicht meiner besonderen beruflichen Befähigung galt. Nur gut, daß die Maschine mir Spaß machte. Früher war ich ja gern nach Einbruch der Dunkelheit über den Common und die Brattle Street gelaufen, aber das war inzwischen gefährlich geworden. Messerstechereien, Überfälle mit Fäusten und Stiefeln und Schußwunden waren jetzt oft Begleiterscheinungen von Vorgängen, die mir dem Wesen nach finanzielle Transaktionen zu sein schienen: Man lieferte den Inhalt seiner Brieftasche an junge Männer ab, die dringend Bares brauchten. Im zweiten Stock eines Hauses in der Brattle Street war die halberwachsene Tochter einer befreundeten Familie in ihrem Schlafzimmer vergewaltigt worden – vor Angst hatte sie keinen Ton herausbringen und nicht um Hilfe schreien können –, während ihre Eltern im Haus unten friedlich zu Abend aßen. Wenn sie nun laut geschrien, wenn mein Kollege, ein zarter, sanfter Mann, sie gehört hätte, was hätte er getan? Mich beschäftigte das. Man mußte fürchten, daß sich dann noch Schrecklicheres abgespielt hätte: der Vater zusammengeschlagen und gezwungen, dabei zuzusehen, wie Mutter und Tochter beide auf die übelste Art mißbraucht, verstümmelt und umgebracht wurden? Durch die bettlägerige Hausbesitzerin in der *bel étage* meines Domizils wurde die Highland Terrace für mein Gefühl nicht sicherer, und das Kommen und Gehen ihrer Pflegerinnen, deren Wagen mit quietschenden Reifen über den Kies in der Einfahrt ratterten und die gespannte Stille der Highland Terrace zerrissen, trug auch nicht zu meiner Beruhigung bei. Im Gegenteil: Ich fürchtete, daß diese Frauen die Gewalt magnetisch anzogen, ja prädestiniert waren, zu Opfern unsagbarer Metzeleien zu werden, in die ich dann mithineingezogen würde. Meine Fenster vergittern oder eine elektrische Warnanlage installieren zu lassen, kam mir grotesk vor – die Witwe hatte nichts dergleichen unternommen. Ich schlief zu gern bei offenem Fenster: und neigten nicht all diese Warnanlagen dazu, bei Stromschwankungen plötzlich loszujaulen?

Bei einem Besuch in Austin, wo ich ein Symposium der University of Texas leitete, erlag ich beinahe der Versuchung, im nächsten Einkaufszentrum einen Revolver und zwanzig Schuß Munition zu kaufen, in einem Kleidersack zu verstauen, als Reisegepäck am Flughafen aufzugeben und nach Cambridge zu schmuggeln. Dann stünden die Chancen in einem Kampf auf Leben und Tod – Pistole gegen Pistole – wenigstens einigermaßen gleich, und mein nackter Körper wäre den Einbrechern nicht schutzlos ausgesetzt, man fände mich nicht wehrlos und blutend im Bett oder entleibt auf dem Boden eines Schrankes, in den ich mich verkrochen hätte. Die Sorge, das Gepäck könnte durchleuchtet werden und der Skandal danach groß sein, hielt mich vom Kauf ab. Ich fuhr mit dem Motorrad zum nächsten Polizeirevier am Central Square und übte mich dort in Geduld, bis die bürokratische Prozedur endlich abgeschlossen und ich der Eigentümer einer vorschriftsmäßig registrierten Glock-Pistole war. Tod! Jetzt war ich im Besitz einer Mordwaffe! Ich hatte es in der Hand, andere und auch mich selbst umzubringen, wenn ich das nur wollte, konnte die Einsamkeit und Öde meines Lebens beenden und die jubelnden Waisen in Alabama reich machen. Die Möglichkeit dazu ruhte in der untersten Schublade meines zylindrischen Nachttischchens, dort wo eigentlich ein Nachttopf hingehörte; weil ich aber keinen besaß, öffnete mein Dienstmädchen diese Schublade nie. Aber funktionierte meine Pistole auch wirklich? Ich ging immer wieder in den Keller, zog Handschuhe an, um meine Hände vor Pulverflecken zu schützen, schoß eine Kugel nach der anderen gegen die Wand aus Erde und Stein, nahm dann das Schießeisen auseinander, ölte es, setzte es sorgfältig wieder zusammen und legte es an seinen Platz zurück. Und immer blieb die Frage: Wird mich das Ding beim nächsten Mal im Stich lassen?

Im Frühjahr beantragte ich einen Forschungsurlaub. Die Holzmann-Professur ist wie eine Russenpuppe, die eine ganze Reihe weiterer Puppen enthält, alle im Aussehen der ersten gleich, nur immer kleiner werdend. Zu den Annehmlichkeiten, die sich eine nach der anderen entpuppten, gehörte auch, daß mit dem Datum meiner Ernennung der Zyklus der Zuteilung von Freijahren neu begann. Ich hatte also wieder das Recht auf ein Jahr Lehrfreiheit! Meine chinesischen Freunde hatten mich nicht vergessen. Ich wurde förmlich eingeladen, an der Peking Universität zu unterrichten, und fand mich so bei den Ereignissen des Mai und Juni 89 als beobachtender und trauernder Zuschauer auf einem Platz in der ersten Reihe wieder.

Ich beschrieb Charlie, was ich im Tiananmen-Frühling erfahren hatte. Die Worte fielen mir schwer. Wie konnte ich ihm nur die zuversichtliche Stimmung meiner Studenten begreiflich machen, ihre Freude an endlosen Diskussionen und ihre unerschrockene Zuneigung füreinander? Es war, als hätte die Erinnerung an alles, was sie und ihre Familien während der Kulturrevolution erlitten hatten – und meine Studenten waren alle alt genug, um solche Erinnerungen zu haben –, ihren Optimismus nur noch bestärkt. Manchmal erlaubte ich mir die Spekulation, daß die geheime Quelle dieser Kraft vielleicht der Glaube an den endlichen Sieg des Guten über das Böse sei; aber zugleich war mir klar, daß meine chinesischen Studenten Begriffe von Gut und Böse hatten, die meinen eigenen nur annäherungsweise entsprachen. Vielleicht zogen sie also ihre Kraft in Wirklichkeit aus der Überzeugung, daß niemand sie auf Dauer daran hindern könnte, China zu verändern. Noch schwerer fiel es mir, von den Verletzungen zu sprechen, die sie durch das Massaker erlitten hatten, von ihrem fassungslosen Staunen, daß so etwas überhaupt geschehen konnte. Manche verschwanden buchstäblich – flohen aus Peking. Viele andere, weniger tief Verwikkelte, tauchten schleunigst unter, suchten Zuflucht hinter einer Schutzmauer aus anderen Menschen, die ihnen wohlwollten – bei Familien, Freunden, Arbeitern und, im Fall eines meiner jüngeren Kollegen, einer ganzen Einheit der chinesischen Armee, mit der er und seine Frau, eine Militärhistorikerin, zufällig zusammen in einer Kaserne wohnten. Die Einheit verwehrte der Polizei einfach den Zutritt zu meinem Kollegen. In den Jahren des Mao-Regimes hatte man offenbar viele Lektionen in Solidarität gelernt.

Ich brühte neuen Tee auf. Charlie nahm sein Zeichenpapier, benutzte seine Knie als Schreibunterlage und notierte, was ich im Haus verändern lassen wollte. All das verfolgte ein Ziel: Ich wollte in der Nabe eines Rades sitzen, ein Mann allein in einem großen, nur für ihn eingerichteten Haus. Damit meinte ich natürlich, daß ich dort ohne Camilla nicht so leben wollte, als sei Camilla noch da.

Charlie benutzte einen dicken altmodischen Füller. Ich bewunderte seine kantige Architektenschrift, die einen Vorgeschmack der Skizzen und Aufrisse bot, über denen wir bald zusammen zu brüten hätten.

Das sind Aufgaben, denen Toby gewachsen sein müßte, erklärte Charlie. Ich schicke ihn morgen zu dir. Wenn er sie löst, wird eure Freundschaft damit besiegelt sein.

Ich hatte nicht angenommen, daß Charlie mein Haus umbauen würde, um eine Scheidung zu feiern, so wie er damals die Hochzeit gefeiert hatte, und darum war ich auf eine solche Wendung gefaßt gewesen. Ich wußte auch nicht, ob ich etwas dagegen hatte. Nein, eigentlich nicht. Statt dessen fragte ich, ziemlich direkt, wie ich fand, nach Tobys Fortschritten am Pratt-Institut.

Er ist begabt, sehr einfallsreich, genau wie ich vorausgesagt habe. Hart gearbeitet hat er auch. Leider ist er sonst nicht in Hochform, wie du heute abend beim Essen sehen wirst. Deshalb habe ich ihm auch vorgeschlagen, den Sommer über in Billington zu bleiben und nicht im Büro. Ob es ihm deshalb noch schlechter geht? Ich weiß es nicht, aber ich bin froh, daß ich eine Arbeit für ihn habe, die er hier ausüben kann. Sollen Freundschaft und Kunst zusammenwirken! Komm früh. Wir sehen uns zusammen den Sonnenuntergang an. Du kannst dich mit Toby unterhalten, und ich kümmere mich um das letzte Schnippeln und Rühren.

Stechmücken gab es fast nie in Charlies Garten, da immer eine kleine Brise über den Hang strich, an dem das Haus lag, aber Toby wollte trotzdem lieber hinter Fliegenfenstern in der Veranda sitzen. Er trug einen dünnen Kaschmirpullover in zartem Melonengrün und ganz besonders luxuriöse seidene Hosen. Sein Gesicht war nicht mehr verquollen, und der Fettansatz, das beginnende Doppelkinn, war verschwunden; man mußte nicht mehr fürchten, daß seine Züge sich vergröbern würden. Im Gegenteil, sie sahen aus wie gemeißelt, noch feiner als bei unserer ersten Begegnung, strenger und vornehmer. Daß sein Haaransatz zurückgewichen war, störte nicht; das sah er inzwischen wohl auch so, denn er trug das Haar jetzt ganz kurz und gab sich keine Mühe, die beginnende Glatze zu kaschieren. Er hatte Charlies römischen Stil übernommen. Seine Schönheit berührte mich.

Roland war im Januar kurz in New York, auf dem Weg zur Westküste; er hat mir erzählt, daß du jetzt Bescheid weißt. Das hätte nicht passieren dürfen. Ich wünsche mir, er hätte nicht geredet. Wozu soll das gut sein?

Ich hatte nicht erwartet, daß er von Camilla anfangen würde, schon gar nicht so unvermittelt, sobald wir allein waren.

Es macht mir jetzt nichts mehr aus, gab ich zurück. Aber es ist in Ordnung, wenn du darüber sprechen magst.

Du warst aber verärgert. Deshalb war Sendepause bei dir.

Nein, ich habe mich nur in einem anderen Gebiet meines Lebens aufgehalten, das ihr, du und Charlie, gar nicht kennt. Weiß er eigentlich davon? Wußte er es damals schon?

Er hat es sich gedacht. Es ging ihm sehr schlecht, und er fühlte sehr mit sich und mit dir. Er konnte das Ganze schwerer ertragen, als wenn ich mit einem anderen Mann zusammen bin. Du findest das wahrscheinlich seltsam.

Ich mußte zugeben, daß ich es nicht verstand.

Er hielt mir die Hand hin: Komm, geben wir uns wieder die Hände. Sie hätte dich sowieso verlassen.

Ich schlug ein. Was hätte ich sonst machen sollen? Er hatte recht: Camilla hatte mich nicht seinetwegen verlassen, soweit war die Sache sogar mir klar, und ein Streit jetzt hätte die Demütigung auch nicht wettgemacht, daß mir ausgerechnet ein kleines schwules Früchtchen Hörner aufgesetzt hatte. Außerdem mochte ich ihn gern. Die kuriose Seite der Geschichte, daß Charlie und ich die beiden hintergangenen Ehemänner waren, wußte ich sogar zu würdigen.

Es ist besser, sagte ich, wenn Charlie auch weiß, daß nun alles offen auf dem Tisch ist.

Oh, ja. Er hat mir geraten, mit dir zu reden. Sonst könnten wir kaum Freunde bleiben, meint er.

Ich wußte, daß Edwina und Ricky Howe zum Essen kamen. Mußte ich annehmen, daß sogar sie unser Mißgeschick kannten und es als lachende Zuschauer mitangesehen hatten? Das würde mir sehr mißfallen, sagte ich zu Toby.

Was sie sich vielleicht selbst gedacht oder von Camilla und Roland erfahren haben, weiß ich nicht. Charlie und ich haben ihnen gegenüber kein Wort verloren.

So war das also. Die Howes mußte ich mir wohl daraufhin genau ansehen, ob ihre Freundlichkeit nur aufmerksam oder übertrieben und beflissen war. Ironie war nicht in ihrem Repertoire; die hielten sie für ein Zeichen schlechter Erziehung.

Am Morgen danch kam Toby zu mir ins Haus; er hatte eine Schultasche mit Millimeterpapier und Spezialzeichenstiften bei sich. Charlies Notizen hatte er eingehend studiert und über sie nachgedacht. Charlie hatte recht: Der Junge war begabt und hatte inzwischen offenbar dazugelernt. Als wir von Zimmer zu Zimmer gingen, gab er den Wünschen, die ich äußerte, sichtbare Gestalt, auch wenn ich sie nur vage und widersprüchlich beschrieben hatte. Bestimmte Pläne, die mir sehr am Herzen lagen, was ich Charlie auch gesagt hatte – der Garten sollte neu gestaltet werden, die Küche ganz anders aussehen –, nahm Toby kühl auf und schlug vor, sie entweder zurückzustellen oder vielleicht ganz fallenzulassen – als habe er nicht bemerkt, daß meine Pläne nur Ausdruck meines Selbstmitleids und Gekränktseins waren. Als wir unseren Rundgang beendet hatten, erklärte ich ihm, daß ich mich bei ihm in guten Händen fühlte. Das war die Wahrheit, vor allem, weil ich keinen Zweifel hegte, daß Charlie ein wachsames Auge auf die Arbeit hielte.

Für Ende Juni war es warm in den Berkshires, und ich hatte gleich nach meiner Ankunft das Schwimmbad geheizt, so daß es jetzt Thermalbadtemperatur hatte. Ich fragte Toby, ob er eine Runde schwimmen wollte, bevor wir uns zum Essen zu Charlie aufmachten. Wir prüften die Temperatur. Die Wasseroberfläche dampfte.

Schwimm du nur, sagte er. Ich warte hier solange. Mir geht es beschissen, und auf einmal bin ich immer so müde. Charlie meint, ich soll nach New York fahren und dort noch zu einem anderen Arzt gehen.

Die Zeiten hatten sich geändert. Ein paar Tage war ich noch in Billington geblieben und hatte mich mit Toby über den Zeitplan der Umbauarbeiten geeinigt; dann brach ich zu Ferien in Europa auf, die in der Rumorosa beginnen sollten. Diesmal hatte mich Edna Joyce höchstpersönlich eingeladen, hatte erst geschrieben und dann angerufen, sogar zweimal, und mich gedrängt, mindestens zwei Wochen zu bleiben oder, falls möglich, auch länger; kommen sollte ich aber auf jeden Fall und unbedingt. Arthur werde einen Teil der Zeit dasein und auch Laura. Laura hatte ich nicht mehr gesehen, seit Arthur und ich zu Besuch in ihrem Haus auf den Hügeln über Belluno gewesen waren; wir waren dann auseinandergegangen, aber verstanden uns, wie ich hoffte, immer noch gut, auch wenn ich ihr nur einige wenige Male geschrieben hatte. In meinem letzten

Brief hatte ich ihr meine Heirat angekündigt. Meine Freundschaft mit Arthur war mittlerweile abgekühlt. Bei der ersten sich bietenden Gelegenheit hatte ich ihn Camilla vorgestellt; damals wohnte sie schon bei mir in der Sparks Street und bereitete etwas zu essen für uns vor. Beide redeten sie wie ein Wasserfall, aber immer nur mit mir und nur über Leute, die der oder die andere nicht kannte, damit er oder sie ja nicht mitreden konnte. Am Tag danach brachte Arthur mich zur Weißglut. Wir aßen zusammen zu Mittag, und er erklärte mir ohne Umschweife und ohne daß ich ihn um seine Meinung gebeten hätte: Sieh bloß zu, daß du für diese Engländerin eine eigene Wohnung findest; die ist nichts für dich.

Camilla äußerte sich genauso direkt: Lade den bloß nicht wieder ein. Diese Art Tunte paßt mir nicht.

Als ich protestierte, daß er ja gar nicht schwul sei, sah sie mich mitleidig an und bemerkte, von solchen Dingen hätte ich keine Ahnung, und außerdem, schwul oder nicht, das sei schließlich ganz egal.

Ich verstehe nicht viel von der englischen Mentalität. Damals verstand ich sogar noch weniger davon. Ich hatte aber den Eindruck – und habe ihn immer noch –, daß der Konflikt dieser beiden sehr wenig mit der ärgerlichen, sinnlosen Unterhaltung beim Essen oder mit Arthurs sexueller Orientierung zu tun hatte. Mir schien vielmehr die Tatsache, daß Arthur Jude ist, der Hauptgrund dafür zu sein.

Mein Respekt vor Arthurs Scharfsinn war groß, also zerrte seine Bemerkung über Camilla an mir, zumal er keine Anstalten machte, sein Urteil zurückzunehmen, auch nicht, als ich ankündigte, sie heiraten zu wollen. Trotzdem verabredete ich mich weiter mit ihm, meist ohne sie, bis zur Scheidung. Danach fand ich es unerträglich, daß er so recht behalten sollte, und ging ihm den ganzen Winter vor meinem Urlaubsjahr in China aus dem Weg. Bat er um meinen Anruf, rief ich nur zurück, wenn er vermutlich nicht zu Hause war; seinem Anrufbeantworter teilte ich lauter Ausreden mit, warum ich zum Mittag- oder Abendessen schon vergeben sei. Als Edna mir jetzt erzählte, daß ich ihn in der Rumorosa treffen würde, war ich zuerst – eigentlich ohne Grund – überrascht, merkte dann aber sofort, daß die Aussicht auf Arthur mir durchaus nicht unangenehm war. Dann kam die Aussprache mit Toby über Camilla. Seine Offenheit hatte die Atmosphäre wirklich gereinigt. Mir war nun klar, daß ich immer seltener an Camilla denken würde, und ich konnte die Freundschaft mit Arthur ohne Vorbehalte wieder aufnehmen.

Ende August war ich wieder in Billington, rechtzeitig zur Feier von Charlies sechzigstem Geburtstag. Mein Haus sah aus, als sei der Umbau abgeschlossen. Ich hatte sehr viel Geld in den Umbau investiert und mir damit zügiges Arbeiten erkauft. Gutaussehende junge Handwerker entschuldigten sich, weil sie noch nicht alle Werkzeuge und Leitern weggeräumt hätten; andere wandern suchend wie Schmetterlingsfänger herum, Rollen mit Papiertüchern und Flaschen voll Fantastik in der Hand, und suchten nach abgestoßenen Stellen an Türen und Fußböden. Auch ich inspizierte das Haus auf meine Weise und rief danach bei Charlie an, um Toby zu gratulieren und zu danken. Eine mir unbekannte Frauenstimme war am Telefon. Toby war nicht zu sprechen, aber Charlie selbst kam an den Apparat. Toby würde sich sehr freuen, daß ich so zufrieden sei, meinte er, vielleicht richte ihn das psychisch auf. Natürlich hätten sie, Toby und er, die abgeschlossenen Arbeiten gesehen, ich müsse Toby verzeihen, daß er das fertige Haus nicht mit mir zusammen inspiziert habe. Aber er, Charlie, würde mich gerne noch vor dem Festessen am Abend sehen. Ob er irgendwann in den nächsten zwei Stunden herüberkommen könne?

Ich war am Tag zuvor in Boston gelandet und hatte in der Highland Terrace übernachtet, bevor ich mich auf den Weg in die Berkshires machte – ich war also ausgeruht. Trotzdem ging es mir wie immer, wenn ich aus der Fremde nach Hause komme: Ich hatte das Gefühl, noch nicht ganz da zu sein; die vertrautesten Dinge waren mir vollkommen fremd. Diese Empfindung schärft das Wahrnehmungsvermögen: Als Charlie auftauchte, bemerkte ich, daß sich in ihm etwas verändert hatte. Seit wann war das so? Seit Anfang dieses Sommers? Oder schon seit dem Sommer davor, als Camilla mich verlassen

hatte? Ich hätte es nicht mit Sicherheit sagen können. Und was war anders geworden? Müdigkeit,
eine Art Geistesabwesenheit hatten gewiß damit zu
tun. Nach Begrüßung und Umarmung – Charlie
hatte sich angewöhnt, mich in aller Öffentlichkeit
zu küssen – und nachdem ich ihm zum Geburtstag
gratuliert hatte, setzten wir uns mit Wein in die
Laube, die auf Tobys Vorschlag hin eine niedrige
Einfassungsmauer aus alten Backsteinen bekommen hatte; die Steine hatte ein Ein-Mann-Betrieb in
Connecticut geliefert, der auf das Sammeln von
Baumaterial aus alten Abrißhäusern spezialisiert
war. Mit einem Mal wurde mir klar, was Charlie
fehlte: Er hatte das ewige gebieterische, auftrum-
pfende Gehabe abgelegt. Er war fast wie jedermann, abgesehen von seiner massigen Statur und
Bärenkraft, die nun recht verwunderlich wirkte.
Ich bin gekommen, um mit dir über Toby zu reden.
Daß du so viel Vertrauen zu ihm hattest und so
großzügig warst, hat ihm gutgetan, und die Medi-
kamente haben wohl auch geholfen, so daß er einen
schönen Sommer hatte. Aber damit ist es nun vorbei. Er fühlt sich »vermindert«. Ein scheußliches
Wort! Nun ja, ich habe es ausgesprochen. Natürlich will er nicht, daß man merkt, wie schwach er
ist; da ist er sehr empfindlich. So viel Stolz, bei ihm,
aber auch bei mir! Daß einen schon Kleinigkeiten
kränken! Nur deshalb lasse ich diese alberne Feier
heute abend über mich ergehen. Er wollte nicht,
daß die Leute sagen, seinetwegen sei alles abgebla-

sen worden. Als ob mir das nicht vollkommen gleichgültig wäre. Ich fand, du solltest das wissen, bevor ihr euch wiederseht.

Ist es so schlimm?

Ja – wahrscheinlich. Der Arzt tut natürlich alles, was zu tun ist.

Das tut mir sehr leid.

Weil ich mir vorstellen konnte, welche schwarze Leere sich vor ihm aufgetan hatte, kam in mir ebensoviel hilflose Verlegenheit wie Mitgefühl hoch. Beides zusammen machte mich unfähig, Worte zu finden, die Verständnis oder den Wunsch, Hilfe anzubieten, besser ausdrücken konnten; aber gar nichts zu sagen, konnte ich auch nicht ertragen. Ich schwatzte drauflos, ganz automatisch, ohne nachzudenken, erzählte ihm, wie wichtig die Chinesen und andere Völker, deren Kulturen ihre Wurzeln in der chinesischen haben, die Japaner und Koreaner zum Beispiel, den sechzigsten Geburtstag fänden; die Zahl sechzig sei nämlich das Produkt aus zwölf (der Zahl der Tiere, die die zwölf Monate des chinesischen Kalenders bezeichnen) und fünf (das ist die Zahl der veränderlichen Eigenschaften des Menschen). Deshalb bezeichne die Zahl sechzig die Vollendung eines Lebenskreises, und der Geburtstag markiere den Beginn der Zeit von »Glück und Alter«. Ich erzählte ihm, daß die Tradition den Reichen vorschreibt, an diesem Tag den Angehörigen Geschenke zu machen, Goldstücke und feinste Stoffe aus Seide oder Kaschmir.

Toby hatte recht, darauf zu bestehen, daß du das
Fest gibst, sagte ich zum Schluß. Es ist ein wunder-
barer Geburtstag.

Ich hatte gerade zu einer weitschweifenden Erörte-
rung der chinesischen Ansichten über die Eigenschaften von Zahlen angesetzt, deretwegen sie
glück- oder unglückbringend sind, da unterbrach er
meinen Redefluß.

Meinetwegen in China, aber nicht hier und nicht
für mich. Für mich ist das die erste Station meines
Kreuzwegs.

Er sah auf die Uhr, starrte mich einen Augenblick
lang an und sagte: Komm mal mit nach oben in dieses Edelnuttenbad, das du dir von Toby hast bauen
lassen. Ich will dir etwas zeigen.

Ich folgte ihm, nicht ohne Vorahnungen. Das neue
Badezimmer war wirklich umwerfend. Wir hatten
es vergrößert, so daß ich zum erstenmal in meinem
Leben Besitzer eines Ankleidezimmers war. Toby
hatte die Innenseiten der Schränke mit Sandelholz
auskleiden lassen, die Türen bestanden ganz aus
Spiegeln, und ein Ruhebett mit einem Chintzüber-
wurf, auf dem Vögel aus dem Amazonasgebiet abgebildet waren, stand in schrägem Winkel zum Fenster. Auf diesem sollte ich mich nach dem Bad, in
Handtücher gewickelt, ausruhen.

Charlie war auch auf dem Lande nie ohne Jackett,
weder im Haus noch draußen. Abends trug er meist
ausladende zweireihige Blazer aus schwerer weicher
Wolle. Tagsüber zog er Tweedkreationen vor, die je

nach Saison schwerer oder leichter und je nach Art
seiner Beschäftigung rauher oder weniger rauh waren (wenn er in den Wäldern von Billington wanderte, trug er reißfeste Stoffe, denen Dornen nichts
anhaben konnten), und wenn der Sommer am hei-
ßesten war, so wie jetzt, trug Charlie ungefütterte
Seide. Er wetterte gegen meine Angewohnheit,
hemdsärmelig herumzulaufen, die Brieftasche in die
Gesäßtasche meiner Hosen gequetscht, so daß sie
herauszufallen drohte – wie ein Seemann auf Land-
gang, der das Wochenende bei irgendeiner Tante
verbringen darf, meinte er. Ich sah ihm zu, wie er
erst die Schuhe von den Füßen schleuderte, dann
etwas bedächtiger die Jacke, das Hemd und die
Hosen ablegte, bis er schließlich majestätisch und
nackt, Arme in die Hüften gestemmt, vor einem
meiner Spiegel stand. Ich bemerkte, daß er keine
Unterhosen trug.
Komm her, sagte er. Keine Angst, du kleiner An-
waltsassessor. Ich mache dir keinen Antrag. Ich will
dir die Physiologie des Alterns vorführen.
Beginnen wir mit dem Gesicht. Ich bin grau geworden, das wird dir nicht entgangen sein. Der Farbun-
terschied ist jedoch nicht allzu kraß, weil ich vorher
blond war – immerhin. Mein Haar ist natürlich immer noch dicht. Eine Tonsur ist nicht zu erwarten, die Laien werden also nicht unnötig Kenntnis
von meinen Vorlieben erhalten. Ich habe nämlich
Drahthaare, genau wie meine Mutter. Damals in
Virginia haben wir uns schon gefragt, ob wir viel-

leicht keine reinrassigen Weißen sind. Da wir schon von Drahthaaren sprechen: Sieh dir meine Augenbrauen an. Die haben inzwischen einen Schamhaarbefall. Deshalb zupfe ich sie. Jeden Morgen. Die Haare, die nicht ganz anständig aussehen, die sich kräuseln, quer wachsen oder gespaltene Enden haben, reiße ich aus. Der Kampf ist aussichtslos – was nachwächst, ist mindestens genauso *voyant*. Schamhaare quellen mir aus meiner Knollennase, die immer dicker wird, vielleicht, weil ich trotz aller strengen Verfügungen meiner seligen Mutter das Nasenbohren nicht lassen kann. Bald wird die Nasenspitze sich nach Form und lebensbejahender Farbe kaum mehr von meiner Eichel unterscheiden. Die Augen blutunterlaufen, das rechte trieft unangenehm. Unter diesen Augen, den Fenstern meiner Seele, runzlige braune Säcke, faltig wie ein Skrotum, übersät mit kleinen Warzen. Die Stirn für immer gefurcht. Priap hat Mars von seinem Platz verdrängt. Vor zwei Jahren, als wir von seinem Leiden noch nichts wußten – Toby ist zum Schmerzensmann geworden, das weißt du ja jetzt –, wollte er, daß ich die Säcke von einem Schönheitschirurgen entfernen lasse. Die Haut wird dabei gerafft und dann innen an den Lidern wieder zusammengenäht, glaube ich. Warum? Schämte er sich wegen meines Aussehens? Hatte er einen seltenen Anfall von Sadismus und Lust auf Verstümmelung? Ich habe mich natürlich geweigert. Jetzt ist es bestimmt zu spät für das Messer, und wenn nicht, wenn ich

mich doch noch *contra naturam* so einer Prozedur unterwerfen würde, was würde Toby dann denken? Daß meine neuen Schwulenaugen ein Geschenk für ihn sind, damit er gesundet, oder daß ich schon den Köder für den nächsten jungen Freund werfe?
Gib mir die Hand.
Ich tat, was er sagte. Er drehte mir die Handfläche nach oben und führte sie über seine Brust, unter die Achseln und nach unten zum Bauch.
Ist ja gut, sagte er. Ganz ruhig, keine Aufregung. Eigentlich habe ich mir immer gedacht, daß in dir ein Schwuler schlummert, aber heute ist offenbar dein Tag nicht. Denk nicht an Sex, fühl nur meine Haut und diese verdammten Knoten und Beulen überall. Alles Warzen, die wie Unkraut sprießen. Angst, an Krebs zu sterben. Das ist meine Meinung, noch hat sie der Arzt nicht bestätigt. Mir egal, was er meint, falls er überhaupt etwas meint. Vorläufig kratze ich die kleinen Kröten auf, bis sie bluten. Da, so! Außerdem sehe ich immer nach, ob ich die anderen an mir finde, die großen mit den unregelmäßigen Rändern, die schwarzen Boten der Katastrophe.
Mit einem hornigen gelben Fingernagel kratzte er sich kleine Haut- und Fleischfetzen vom Bauch ab und schmierte einen Blutfleck auf den Spiegel, als wolle er eine Probe fürs Labor präparieren.
Ekelt dich das? Hab Geduld mit mir. Eine Stuhlprobe brauchen wir heute wohl nicht.
Er schloß eine Hand um seinen Penis und nahm mit der anderen die Hoden.

Hier ist nicht viel zu berichten. Zunehmende Langsamkeit, gelegentliche Ausfälle, unvermeidlicher Rückgang der Libido. Da hilft nur eins, Promiskuität, die alte Geschichte: ein Partnerwechsel, und auf geht's! Meine Haut, hier an den Beinen vor allem, verdient deine Aufmerksamkeit. Sie ist dünn wie Reispapier. An der Innenseite meiner Hosen und Socken, wenn ich welche trage, reibt und schält sie sich und hinterläßt feinen weißen Schnee – wie Schuppen. Mein lieber Max, ich sage dir, außerordentliche Störungen sind das, nicht der Herbst mit reicher Schwellung. Es geht bergab mit mir, wie mit dir, wie mit dem überalterten Rhabarber vor deinem Fenster da. Das Makabre, Gemeine dabei ist, daß ich so viel Kraft habe und nicht umzubringen bin, genau wie dieser Rhabarber. Wie oft hast du schon versucht, ihn auszurotten?

Gar nicht, wenn du die Wahrheit wissen willst. Ich hab' ihn nämlich gern. Er ist praktisch das einzige, was ich selbst gepflanzt habe.

Paßt zu dir. Auch einer, der Macht zu schaden hat und schränkt sie ein. Deshalb habe ich dir auch mehr von mir gezeigt als sonst irgendeinem Menschen, weil du noch nie meine Worte gegen mich oder zu deinen Gunsten gewendet hast.

Während er sich wieder anzog, wischte ich den Fleck vom Spiegel. Wir gingen nach unten. Ich bot ihm noch ein Glas Wein an, aber er lehnte ab.

Toby wartet mit dem Essen. Ich möchte, daß er seine Mahlzeiten einhält, sagte er.

Er war mit seinem Rennrad gekommen und schlug nun auch mein Angebot aus, das Rad in den Kofferraum meines Autos zu packen und ihn auf die andere Talseite zu fahren. Bis zum Ende der kiesbestreuten Einfahrt ging ich neben ihm her. Dort befestigte er seine Hosenbeine mit einem Stück Gummi, stieg aufs Rad und trat kräftig in die Pedale.

Mein Vater war fast zwanzig Jahre älter als meine Mutter. Sie hatte bei ihm studiert. Er starb in meinem letzten Internatsjahr. Seine Pensionierung kam gleichzeitig mit dem Ausbruch der Krankheit, von der er sich nie mehr erholte. Sie verzehrte seine und meiner Mutter Aufmerksamkeit. Unsere Küchenborde waren mit Spezialkost gefüllt, die nach ständig wechselnden Diätvorschriften für ihn ausgesucht wurde und immer ekelhaft war. Der Kühlschrank quoll über vor Essensresten, mit Margarine gekochten Mahlzeiten, zuerst in Schüsseln aufbewahrt und mit Untertassen zugedeckt, später in Plastikbehälter abgefüllt; halbleere Flaschen mit merkwürdigen Ölen und wässeriger Quark nahmen den Rest des Platzes ein. Mir wurde beim bloßen Anblick übel. Auf den Fensterbrettern in der Küche und in unserem gemeinsamen Badezimmer standen aufgereiht kleinere und größere Flaschen mit den Pillen und Tropfen, die er vor und nach dem Essen, während der Mahlzeiten, beim Aufstehen und vor dem Schlafengehen einnahm. Das Gerät, mit dem ihm Mutter seine Einläufe machte, hing unter seinem

Schlafanzug an einem Haken in der Badezimmertür. Als die Arbeiten im Haushalt, von denen er sich
überfordert fühlte, immer umfangreicher wurden,
legte er in Antizipation meiner Besuche während
der Schulferien eine Liste mit allen Aufgaben an, die
zu Hause auf mich warteten. Manchmal präsentierte er mir diese Liste, bevor ich die Schwelle unseres Hauses überschritt, schon gleich an der Bushal-
testelle, wo er mit seinem Nash stand, um mich
abzuholen. Autowaschen und Polieren gehörte zu
meinen Pflichten. Zum Schluß lag er in einem Krankenhaus in Providence, mit Dauerkatheter versehen
und mit anderen Schläuchen, durch die ihm gelbli-
che Flüssigkeiten zugeführt wurden, angeschlossen
an Maschinen, die wie unbekannte Verwandte um
sein Bett herumstanden. Verglichen damit, hatte
der Tod meiner Mutter vier Jahre danach fast etwas
Triumphales. Sie stürzte kopfüber, mit gespreizten
Beinen und ausgebreiteten Armen, die Treppe herunter. Ich bevorzuge die Annahme, daß sie nicht
mehr zu Bewußtsein gekommen ist.
Als ich mich für Charlies Fest umzog und dann in
der letzten Abendsonne zu seinem Haus fuhr,
dachte ich an jenes Krankenhauszimmer, an die
wunde Stelle im Mundwinkel meines Vaters, die
der zu seiner Speiseröhre führende Schlauch gerie-
ben hatte, und an die Mischung aus Resignation
und Eifer, mit der er auf jede neue Prozedur reagiert
hatte. Er war ganz klar und schrieb auf einen Block
in Reichweite seiner rechten Hand Befehle, Flüche

und Antworten auf gelegentlich gestellte Fragen.
Kein Zweifel, er wollte weiterbehandelt werden.
Warum? Ich fragte das seinen Arzt. Mein Vater
hatte sich immer als Gesundheitsfanatiker gegeben,
er war mit Sicherheit sehr vorsichtig, aber ängstlich
war er mir nie vorgekommen. Warum wehrte er
sich so sinnlos gegen das Sterben?
Es ist die Angst vor der endgültigen, totalen, irre-
versiblen Ohnmacht, vor dem Ende allen Wissens,
erklärte er mir. Dieser Angst entgehen nur Menschen, die plötzlich sterben.
Ricky und Edwina Howe, die van Lenneps, der
schwule Cellist, der in Tanglewood Konzerte gab,
und ich bildeten die Berkshire-Fraktion. Die meisten Gäste kamen aus der Welt, in der Charlie seine
anderen, vielleicht beständigeren Freunde hatte,
und in den Jahren, seit ich zu seinem Gefolge gehörte, hatte ich sie immerhin so gut kennengelernt,
daß es für Begrüßung, Umarmung und Küsse
reichte. Mehrere Architekten waren dabei, die sich
zumindest selbst für ebenso bedeutend hielten wie
Charlie; außerdem eine Familie von Immobilien-
maklern mit geschickt publizistisch verbreiteter
Liebe zur Kultur; überaus weltgewandte Architek-
tur- und Kunstkritiker und ein Riese von einem
Mann, der gerade die Zeitschriften gekauft hatte,
für die sie schrieben; der Direktor einer Investment-
bank, dessen unendlich großes Wassergrundstück
in East Hampton Charlie mit einem für seine
Üppigkeit berühmt gewordenen Wohnsitz gekrönt

hatte (seine letzte Arbeit dieser Art, wie er behauptete); eine Marchesa, in deren venezianischem Palazzo sich Charlie gerne aufhielt. Das feierliche Schwarz dieser Gäste wurde aufgelockert durch die mitgeführten farbenfrohen Siegestrophäen in Gestalt von Ehefrauen oder Gefährtinnen und durch die geschiedenen Damen, deren Seelen und Liebesaffären Charlie in seine Obhut genommen hatte, teils weil er sich gern mit Frauen umgab, teils auch, weil er grundsätzlich Ausgewogenheit von männlichen und weiblichen Gästen an seiner Tafel anstrebte, auch wenn er dieses Ziel nur selten erreichte. Die Einladung enthielt exakte Zeitangaben: Cocktails um acht Uhr, und die Wagen sollten um Viertel nach elf vorfahren. Die Autos standen am Straßenrand hintereinander – aus ästhetischen Gründen duldete Charlie in der Nähe seines Hauses keine parkenden Autos. Bevor diese sich dann um Mitternacht wie Cinderellas Kutsche wieder in Kürbisse verwandelten, würden die Gäste auf ihrem Rückweg nach New York über den Taconic rasen. Charlie kümmerte sich nicht um die Bedürfnisse anderer, er war gleichgültiger und hochmütiger als die Howes. Ich hätte wetten mögen, daß er sich nicht einmal die Mühe gemacht hatte, für seine Festgemeinde Unterkünfte irgendwo in der Nähe zu suchen. Daß die jüngeren Mitglieder der Camarilla – ein Designer, der für Charlie arbeitete, ein Photograph und ein Schauspieler, die ein Paar waren – nicht kamen, überraschte mich. Sie waren in Tobys Alter, und ich hatte erwartet, daß sie seinetwegen, wenn schon nicht Charlies wegen, auf dem Fest erschienen.

Ich suchte Toby und fand ihn in dem kleineren Wohnzimmer am Kaminfeuer. Er war dünner als bei unserer letzten Begegnung und hatte ein kleines Pflaster auf der Oberlippe. Wie mein Vater, dachte ich. Auf der Wange klebte noch eines. Ich küßte ihn, gegen meine Gewohnheit, und sagte ihm, ich sei ihm sehr dankbar für seine Arbeit. Das Haus sei genauso geworden, wie ich es gehofft hätte; ob er denn nicht kommen wolle, sein vollendetes Werk zu betrachten und an der Bewunderung des Eigentümers teilzuhaben?

Vielleicht morgen nachmittag. Heizt du dein Schwimmbad? Vielleicht könnte ich eine Runde schwimmen. Du hast doch nichts dagegen?

Das Wasser wird Zimmertemperatur haben. Komm doch vorher mit Charlie zum Essen und bring Käse mit, wenn etwas übrigbleibt. Schwimmen kannst du dann danach.

Wir einigten uns auf diesen Plan. Ich erzählte ihm von Rodney Joyces Prozeß gegen seinen neuen Saudi-Nachbarn auf der anderen Seeseite, der angefangen hatte, vor der Rumorosa Wasserski zu fahren, und von den beleidigenden Briefen, die die beiden gewechselt hatten.

Es ist ein fetter Prinz, sagte ich, mit einem Bärtchen und Leibwächtern, die längere Bärte und außerdem Gewehre tragen und Seiner Hoheit, wenn er auf den Skiern steht, in einem größeren Boot folgen. Edna meint, sie werden bald das Dock sprengen oder eine Autobombe auf die Veranda werfen.

So was machen die Libanesen. Hat mein Vater gesagt. Die Saudis sind Schwächlinge.

Schwächlinge? Ich weiß nicht. Dann vielleicht, wenn sie nicht gerade Ehebrecher steinigen oder Taschendieben Hände und Füße abhacken. Ein Freund, der dort gelebt hat, in Jedda, glaube ich, hat mir erzählt, daß man an Freitagen Ehebrecher bis zum Hals in Säcke einnäht und auf öffentliche Plätze karrt. Dort watscheln sie dann herum wie die Enten. Die Behörden stellen eigens für diesen Anlaß faustgroße Steine haufenweise zur Verfügung, und die Gerechten bedienen sich und nehmen das Steinigen in Angriff.

Er starrte mich an: Ich dachte, das hätte schon vor einer ganzen Weile aufgehört.

Kann sein, aber in den sechziger Jahren war es noch ganz üblich, beharrte ich. Mein Freund, ein sehr genauer Mensch, will immer erst zum Barbier gegangen sein, um sich rasieren zu lassen, um anschließend dann bei den Exekutionen zuzusehen. Die Saudis lieben auch das Auspeitschen. Und sind begeisterte Falkner. Das Abrichten von Falken ist eine sehr grausame Angelegenheit. Die Augenlider der jungen Vögel werden zugenäht, damit sie blind und von ihrem Eigentümer abhängig werden. Erst, wenn die Abhängigkeit des Vogels groß genug zu sein scheint, werden die Nähte aufgeschnitten, und das eigentliche Abrichten beginnt.

Toby schlug die Hände vor die Augen und wendete sich von mir weg. Hör auf damit, sagte er. Ich will nicht an so was denken. Vermutlich hat der Alte einen Witz gemacht oder sich geirrt.

Er hat wohl eher an die Saudis gedacht, die er im Kasino trifft.

Toby gab keine Antwort. Vom Nebenzimmer rief Charlie uns zum Essen. Ich zwang mich dazu, die Frage zu stellen, der ich bis jetzt ausgewichen war: Wie geht es dir wirklich?

Er lächelte. Ziemlich schlecht – oder gut. Hängt davon ab, wie der Tag ist, und womit man meinen Zustand vergleicht. Aber es wird schon wieder.

Ich saß neben Edwina Howe, die dem Rang, wenn nicht dem Alter entsprechend, den Ehrenplatz neben Charlie innehatte. Zu meiner Rechten saß Toby. Das war doch so etwas wie eine Überraschung. Ich hatte zwar Toby die Kränkung vollkommen verziehen, soweit es da überhaupt etwas zu verzeihen gab, aber wie konnten Charlie und er das wissen? Der Schluß lag nahe, daß sie eine natürliche Unbefangenheit besaßen, die mir abging. Ebensogut war aber möglich, daß sie an meine Gefühle gar nicht gedacht hatten oder sich dafür nicht interessierten.

Edwina trug eines ihrer geliebten bestickten Futteralkleider – ich assoziierte bei ihr immer alte Fotos von Madame Chiang Kai-shek –, das für eine halb so alte Frau problematisch gewesen wäre, aber bei ihr erstaunlicherweise eine Figur zur Geltung

brachte, die straff und feminin zugleich war. Als mindestens Siebzigjährige hatte Edwina einen Busen, der, wie sie es selbst ausgedrückt hätte, *sortable* war! Sie trug ein Make-up auf ihrer schön geglätteten Haut, als sollte sie im Theater auftreten, und war behängt mit Ketten, die in den Tiefen ihres Décolletés verschwanden, mit Armbändern, Ringen und Ohrringen in funkelnden Farben und komplizierten Strukturen. »Howe-Straß« — so nannte Edwina ihre Juwelen, um möglichen Fragen nach Herkunft und Art dieser raffinierten Schmuckstücke zuvorzukommen und um unter der Hand ihre entwaffnende Schlichtheit zu betonen. Die feine Andeutung einer Smaragd-Tiara thronte in ihrem etwas dünn gewordenen, aber immer noch sehr roten und perfekt gepflegten Haar. Ich fragte mich, ob sie diesen gefährdeten Teil ihrer Schönheit einer Kraft bei Lenox zum Lockenlegen anvertraut oder ob sie Charlies Geburtstag für wichtig genug befunden hatte, um kurzerhand einen New Yorker Friseur aufzusuchen.
Toby saß mit dem Rücken zu mir und unterhielt sich mit einem Journalisten. Edwina war in ein Gespräch mit Charlie verwickelt. Mir gegenüber ereiferten sich Stimmen über den Ausschluß Pete Roses vom Baseball. Bart Giamatti war am Tag zuvor gestorben, nur eine Woche nach dieser Entscheidung. Gab es einen ursächlichen Zusammenhang zwischen beiden Ereignissen? Hatte er die Herzattacke erlitten, weil der Streß der Auseinandersetzung zu-

viel für ihn gewesen war, oder war es die Rache dafür, was er Rose angetan hatte? Diese Vermutung wurde niedergebrüllt: Eine Vendetta habe es nicht gegeben, und die Vermutung, daß einer mit Krankheit »gestraft« werden könne, sei barbarisch. Jemand warf ein: Und was ist mit Cholesterol und Zigaretten? Der Zeitungsboß wollte nun von mir wissen: Hatte man Rose denn überhaupt ein ordentliches Verfahren zugebilligt? Ich antwortete wahrheitsgemäß, daß ich die Sache nicht verfolgt und wenig Interesse für die juristischen Konsequenzen aufgebracht hätte. Meine Antwort erregte den Zorn, den ich erwartet hatte. Ich erhöhte den Einsatz: Für mich sei der einzig interessante Aspekt der Giamatti-Affäre sein Entschluß gewesen, sich nach seinem Rücktritt als Präsident von Yale dem Profi-Baseball zuzuwenden.

Geh du doch wieder zu deiner Regel zur Verhütung zeitlich unbegrenzter Rechtszustände, du matschige Makrone, dröhnte Charlie. Deshalb ist er ja gegangen. Er wollte an der Spitze des Baseballs sein!

Ohne Zweifel wäre ich in mein schwarzes Loch zurückgescheucht worden, hätte Charlie sich nicht jetzt in die Baseball-Diskussion eingeschaltet und Edwina vergessen. Seit meiner Scheidung hatten wir beide uns nicht mehr gesehen. Mehr oder weniger umgehend sprach sie mich sofort darauf an.

Das mit Camilla tut uns wirklich leid. Sie war eine reizende Nachbarin, besonders für Ricky, und alles kam so unerwartet!

Ich ergab mich in das Unvermeidliche.

Mit Ihnen natürlich auch! Auch wenn wir Sie viel zu selten gesehen haben. Anwälte arbeiten zuviel, sogar in ihren Ferien. Dean immer. Und Foster wohl auch, da bin ich sicher, als er noch als Anwalt arbeitete. Aber sie haben alle immer noch Zeit gefunden, liebenswürdig zu jedem zu sein. Finden Sie nicht?

Wenn Sie Dean Acheson und John Foster Dulles meinen, dann kann ich nicht mitreden. Ich kannte die Herren nicht.

Ach wie schade! Die hätten Ihnen bestimmt sehr gefallen. Besonders Dean war ja immer so freundlich zu jungen Leuten. Was für eine Tragödie!

Sie meinen, daß Dulles Achesons Nachfolger wurde?

Nein, die jungen Menschen heute. Der arme Toby.

Sie hatte die Stimme nicht gesenkt. In einer Reflexbewegung sah ich über meine Schulter zurück.

Sie tadelte mich: Leute hören nur, was man über sie redet, wenn man flüstert. Sie müssen hier helfen, Sie dürfen sich dafür nicht zu beschäftigt vorkommen. Charlies Geduld geht schnell zu Ende. Ich kenne ihn schon so lange.

Ich auch.

Sehen Sie, dann wissen Sie, was ich meine. Seine Freundlichkeit ist ganz oberflächlich. Wir sind leider nur noch zwei Wochen hier.

Ach, wirklich.

Sie setzte mir ihre Reisepläne genau auseinander. Ich sollte aus ihnen wohl schließen, daß sie und Ricky vielleicht noch geblieben wären, um Toby eigenhändig Beistand zu leisten, hätte nicht eine solche Änderung des Reiseprogramms möglicherweise vielen wichtigen Leuten Ungelegenheiten bereitet.

Kurz nachdem ich die Howes kennengelernt hatte, erklärte mir Camilla, nach welchem *modus operandi* sie vorgingen. In erster Linie ging es darum, die hohe englische Einkommenssteuer zu umgehen. Deshalb hatte Ricky die Bermudas als seinen Hauptwohnsitz angegeben; Billington kam nicht in Frage, weil Rickys Privatvermögen dann in Amerika hätte versteuert werden müssen. Der Anbruch der Ära Ronald Reagan und Mrs. Thatcher hatte zwar die Arithmetik verändert, nicht aber die Gewohnheiten des vornehmen Paares. Sie waren nicht mehr darauf eingerichtet, unter einem eigenen Dach zu leben – außer in den Berkshires –, und waren sehr gut angepaßte Nomaden geworden: regelmäßige Gäste in den Häusern der seßhafteren Reichen. Sie kamen und gingen so zuverlässig wie die Zugvögel, deren Verhalten Rick studierte. Ende September konnte man sie im Haus eines orientalischen Prinzen in Paris antreffen, zur Weihnachtszeit auf dem Landsitz eines Warenhausmagnaten in Florida, dann in Mittelamerika auf der Ferieninsel einer Familie, der das gesamte umliegende Land gehörte, und so weiter und so weiter. Es war dies ein sehr empfindlich ausbalanciertes Ökosystem. Ich konnte verstehen, daß Edwina nicht bereit war, es zu zerstören.

Ich gebe Ihnen unsere Adressen und Telefonnummern, versprach sie. Es wäre schrecklich, nicht mit Nachrichten versorgt zu werden.

Charlie aß wie gewöhnlich langsam und ließ sich durch den Anblick der leeren Teller seiner Gäste, die schon ihre zweite Portion verzehrt hatten, nicht im mindesten stören, was weniger ärgerlich war als die Unfähigkeit der Kellner, die er aus Pittsfield importiert hatte. Wir tranken einen schweren italienischen Rotwein. Weder Charlie noch Ricky, der an der anderen Schmalseite des Tisches saß, bemerkten, daß die allgemeine Unterhaltung zu versanden drohte. Mein Versuch, Tobys Aufmerksamkeit auf mich zu ziehen, scheiterte. Ich begriff, daß ich für den Rest des Abends in Edwinas Fängen bliebe, würde ich mich jetzt nicht erheben und einen Toast ausbringen – Charlie stand nicht gern zum Kaffee vom Tisch auf. Ich hatte die Absicht, einen Trinkspruch zum besten zu geben, aber ich war im Zweifel, ob ich das als erster tun dürfte. Unter den Anwesenden waren Leute, deren Initiative Charlie viel schmeichelhafter finden müßte.

Inzwischen kam Edwina wieder auf das Thema Camilla zurück. Wußten Sie, daß sie die Hochzeit mit Roland vorbereitet?

Nein. Wirklich?

Abgesehen von seinem Alter, ist das doch ganz normal, oder? Die beiden haben sich immer so gut verstanden. Sie hat einen interessanten Beruf und etwas Vermögen, das wird hilfreich sein. Nur gut, daß Sie beide keine Kinder haben. Liegt das daran, daß Sie keine haben können?

Ich weiß nicht. Ich bin mir nicht sicher, je die Gelegenheit gehabt zu haben, dem nachzugehen.

Ricky kann nicht. So viele Männer scheinen in dieser Lage zu sein, aber die Schuld gibt man immer den Frauen!

Die Neuigkeit von Camilla und Roland tat weh, obwohl es natürlich gleichgültig war, ob sie ihn oder einen anderen heiratete. Ich setzte gerade dazu an, doch noch meinen Toast auszubringen, ohne mir genau überlegt zu haben, was ich eigentlich sagen wollte, da drehte sich Toby zu mir und flüsterte: Bitte, hilf mir die Treppe hinauf, es geht mir nicht gut.

Bis jetzt hatte ich es nicht gewagt – gehemmt durch eine gewisse Verlegenheit, die durch ihr Gegenteil, eine unterdrückte ungesunde Neugier, noch verstärkt wurde –, das Erdgeschoß von Charlies Haus zu verlassen und in den Oberstock vorzudringen. Nur einmal hatte ich sein Schlafzimmer gesehen, als er mich eingeladen hatte, einen Sargent zu betrachten, den er gerade geerbt hatte: ein Porträt einer Großtante, das er dort aufgehängt hatte. Bei der Gelegenheit hatte ich auch seine geschnitzte helle Jugendstileinrichtung bemerkt und bewundert, besonders das Bett, eine riesige Muschel, über deren Rand zweideutig lächelnde Seejungfrauen lugten.

Es war groß genug für zwei. Teilte Toby es mit ihm? Lagerte er mit Charlie auf den Pantherfellen, die über dieses aquatische Ruhemöbel gebreitet waren? Toby lehnte sich an mich, ich stützte ihn mit beiden Armen; er stöhnte ganz leise. Nein, nicht hier, sagte er, als ich am Treppenende oben instinktiv die Richtung einschlug, in der Charlies Zimmer lag. Es ist auf der anderen Seite, am Ende des Flurs.

Auch dieses Zimmer war sehr groß und lag direkt über dem Blumengarten. Wenn dieses viktorianische Haus nicht von Anfang an mit zwei großen Schlafzimmern versehen war, dann hatten sie sicher Tobys Zimmer mit einem daran anschließenden Gästezimmer zu einem Raum vereint. Ich setzte Toby in einen Sessel und fragte, was ihm fehle und was ich tun könne.

Meine Augen. Ich habe lauter schwarze Flecken vor den Augen. Ich habe Angst.

Ist dir schwindlig? Möchtest du einen kalten Umschlag auf die Stirn haben?

Nein, ich hab' solche Angst. Ich glaube, ich werde blind.

Ich half ihm, ins Bett zu kommen, und schob ihm ein paar Kissen in den Rücken. Die ganze Zeit wimmerte er leise vor sich hin. Ich sagte, ich würde ihn nur einen Augenblick allein lassen und Charlie holen.

Nein, jetzt nicht. Oder vielleicht doch. Stell das Fernsehen an. Ich will zuschauen können.

Ein Baseballfeld erschien auf dem Bildschirm.

Ist es besser?

Ich kann sehen. Nur dieses schwarze Flimmern geht nicht weg.

Ich stand an der Tür zum Eßzimmer. Dick Moses arbeitete sich gerade wacker durch eine Art *catalogue raisonné* von Charlies Bauwerken, Veröffentlichungen und Auszeichnungen. Als ich eben dachte, er sei damit zu Ende, wanderte er in Mäandern zurück zu ihrer gemeinsamen Studienzeit an der School of Design. Damals hatten sie gemeinsam einen Entwurf für eine Bibliothek gemacht, und ein inzwischen längst vergessener Juryvorsitzender hatte die Frechheit besessen, ihre Arbeit vor der ganzen Klasse als »schwächliche Nachahmung« zu bezeichnen! Das sind doch deine Arbeiten alle! warf Charlie laut ein. Als Moses nun schilderte, welchen Höllenlärm diese Äußerung in der Klasse ausgelöst hatte, und als alle am Tisch mit klingenden Gläsern auf Charlie anstießen, bahnte ich mir den Weg zu ihm und sagte, so laut, daß Edwina und der Zeitungsboß es hören konnten: Komm doch mal einen Augenblick nach oben, da ist ein Anruf für dich – aus Tokio. Ein irgendwie unverständlicher Mensch, dessen Namen ich nicht mitbekommen habe. Vielleicht will er dir zum Geburtstag gratulieren. Toby hat den Anruf angenommen und versucht, den Mann an der Strippe zu halten.

Unten an der Treppe sagte ich ihm, was geschehen war, und setzte mich dann wieder auf meinen Platz neben Edwina. Mein Glas war leer. Ich mimte Zerstreutheit und trank Edwinas aus, obwohl auch Tobys Glas voll war.

Ganz erstaunlich, daß ihr beiden das Telefon gehört habt! Ich war so angetan von unserer Unterhaltung, mein lieber Max. Sie müssen wirklich bald zum Mittagessen zu mir und Ricky kommen. Bei so großen Festen wird man doch immer unterbrochen.

Ach, Toby hat einen eigenen Anschluß. Wahrscheinlich horcht er aus Gewohnheit, ob sein Telefon klingelt.

Das gute Kind! Nun ist er oben geblieben, um Charlies Freude zu teilen!

Minuten vergingen. Dann trat Charlie majestätisch und finster ein. Seine Stimme war raumfüllend.

Eure Karossen warten. Was ich oben zu tun habe, wird eine Weile dauern. Und er breitete die Arme aus, als wollte er die Gemeinde segnen.

Ich folgte den anderen nicht. Ich tat so, als suchte ich im Wohnzimmer nach einem Buch – dabei war ich mir nicht sicher, ob überhaupt jemand auf mich achtete –, wartete, bis der letzte Gast zur Tür hinaus war, und ging dann wieder nach oben in Tobys Zimmer. Toby lag noch genauso auf seinem Bett, wie ich ihn verlassen hatte; unbewegt und mit starrem Blick folgte er den Bildern eines Werbefilms über Kleinlaster von Ford. Vielleicht war das Baseballspiel zu Ende. Nur weinte er jetzt, sein Gesicht war tränennaß, er ließ die Tränen einfach laufen und machte keinen Versuch, sie abzuwischen.

Charlies Stimme drang ins Zimmer, sie übertönte klirrende Geräusche irgendwo in der Eingangshalle, aber was er sagte, war nicht zu verstehen. Er warf den Telefonhörer auf die Gabel und kam zu uns herein.

Aha, du bist immer noch da, du kleines Fräulein Diskretion. Nein, verzeih. Es ist schon in Ordnung, daß du gelogen hast. Die sind doch fast alle genau wie ich: kalte, unehrliche Leute, die nur gerade höflich genug sind, das zu verbergen. Hilf Toby beim Umziehen, er braucht etwas Warmes; ich ziehe mich inzwischen auch um. Wir fahren nach New York. Der Doktor will ihm ein starkes Medikament geben.

Rufst du mich an?

Das tat er – ein paar Tage danach, als ich wieder nach Cambridge und zu meinen Vorlesungen zurückgekehrt war. Es sei etwas Neurologisches, erzählte er mir, eher erschreckend als wirklich ernst. Toby sei schon wieder am Pratt-Institut. Er, Charlie, sei im Aufbruch nach Europa, werde vor allem in Düsseldorf sein, er müsse endlich Versprechen einlösen, die er gegeben habe, als die Stadt ihn mit dem Bau des neuen Schauspielhauses beauftragt habe. Was mit meinen Plänen sei, ob ich wegfahren wolle? Nein? Das habe er sich schon gedacht, er verlasse sich also auf mich, ich würde mich doch um Toby kümmern. Seltsam, wie die Welt sich drehe, oder? Sogar in Peking habe er schon gespürt, daß zwischen dem Jungen und mir eine besondere

Bindung bestehe, eine Abhängigkeit des jüngeren
Bruders vom älteren. Sehr schön, wirklich. Vielleicht käme ich gern manchmal am Wochenende
nach New York. Sonst stünde auch sein Fahrer zur
Verfügung, der würde Toby zu mir bringen, nach
Cambridge oder nach Billington, ganz egal. Das
würde Toby über Wasser halten, bis er seinen Augen wieder genug trauen könnte, um selbst Auto zu
fahren.
Und wann kommst du wieder?
Zu Thanksgiving bestimmt. Und wenn es Probleme
gibt, kann ich jederzeit für ein paar Tage herfliegen.

Edwina, diese alte Hexe, hatte zumindest zur Hälfte
recht gehabt; ich hütete mich aber, ihr über meine
neuen Pflichten oder sonst einen Aspekt der Lage zu
schreiben. Sie hatte ein ganzes Netzwerk anderer
Informanten, die ich mir genau vorstellen konnte,
wie sie in ihren lauwarmen schmuddeligen Betten
saßen und eifrig herumtelefonierten, nachdem sie
ihren Heiltrank, Toast und Börsenberichte hinter
sich hatten. Wir, der Junge und ich, richteten uns in
einer gewissen Routine ein. Nachdem er aus dem
Hospital entlassen worden war, wo sie die schwarzen Flecken zum Verschwinden gebracht hatten,
ging er nicht wieder in sein Appartement zurück.
Statt dessen zog ein Freund, wohl ein Mitstudent,
ein – um die Blumen zu begießen, das Aquarium zu
säubern und die Einbrecher vom Einstieg durch das
Oberlicht abzuhalten. Toby weigerte sich, Gitter

dort anbringen zu lassen, er behauptete, er fühlte sich dann wie eingesperrt in einem kleinen Max-Ernst-Bild. Er lebte nun in Charlies Wohnung. Wenn ich ihn übers Wochenende in der Stadt besuchte, verschmähte ich die berühmten Gästezimmer des River House Appartement und übernachtete lieber im Peninsula Hotel, das bequem, prunkvoll hergerichtet und halbleer war und mit dem strahlend weißen Etablissement in Kowloon nichts gemein hatte als den Namen und die gelegentlichen Gruppen von Hongkong-Chinesen in Wildleder, die darauf warteten, daß ihre Spezial-Limousinen vorfuhren. Von dort aus konnte ich gleich morgens nach Osten zum Fluß gehen, und die halbe Meile, die ich dabei hinter mich brachte, gab mir das Gefühl, daß ich auch meine eigene Gesundheit pflegte, wenn ich mich um die von Toby kümmerte, der immer noch ziemlich geschwächt war und schnell ermüdete. Wir saßen zusammen im Arbeitszimmer: Entweder schaffte er sein Arbeitspensum für die Schule während der Woche, oder er verlor das Interesse daran. Er kauerte in der Sofaecke, eine Alpakadecke um die Schultern, und sah fern; der Ton war leise gestellt, damit ich ungestört weiter lesen und Notizen machen konnte; Toby hörte sich derweil an, was die Experten über die lächerlichen und bedrohlichen Ereignisse des Monats zu sagen wußten. Beim Mittagessen unterhielt er mich dann mit seinen Kommentaren zu dem, was er gehört und gesehen hatte: Kardinal Glemp war als Meister der

Nonnen von Auschwitz aufgetreten; er hatte ausgesehen wie ein Transvestit, der die Jungfrau von Orleans spielt. Die Navy hatte mit freudiger Erleichterung endlich den Sündenbock präsentieren können, der an der Demütigung der Iowa schuld gewesen war: Der Mann war ein Einzelgänger (also schwul und nicht etwa einer von uns) und außerdem tot; und Ed Koch und das Evil Empire hatten sich in Wohlgefallen aufgelöst. Das waren stets freundliche Mahlzeiten, serviert von Charlies Haushälter. Die Pillen, die er immer für Toby zurechtlegte, übersah ich geflissentlich. Penetranter waren die Erinnerungen an meines Vaters Eßgewohnheiten; sie überfielen mich, wenn ich die Stärkungsmittel sah, die Toby konsumierte.

Im Oktober sagte er mir, er traue sich zu, nach Billington zu kommen, vorausgesetzt, jemand würde ihn abholen und in die Stadt zurückbringen. Die Blätter hatten gerade ihre scharlachrote Herbstfarbe angenommen. Ich stellte den Fernseher in mein Gästezimmer, und dort hielten wir uns auch am Freitag, den 13. Oktober auf und feierten den Zusammenbruch der Börsenkurse, er im Bett und ich auf der Chaiselongue, die er für mich mit flaschengrünem Samt hatte beziehen lassen. Ich sage das ohne Ironie, weil meine State-Street-Treuhänder ein paar Wochen vorher alle Aktien, die nicht von »unserer Bank« stammten, zu Geld gemacht hatten. Ich trank meinen Bourbon – Toby hatte eine Entzündung am Mund oder im Gaumen, die

sogar das Weintrinken zur Pein werden ließ – und
meditierte über die Möglichkeit, die Treuhänder zu
drängen, daß sie sich möglichst schnell wieder in
den Börsenmarkt einschalteten, der auf einmal voller einmaliger Angebote zu sein schien. Waren die
schwarzen Waisen und ich auf dem Weg zu noch
größerem Reichtum?
Ich fand das Ausbrechen und Verschwinden von
Tobys Hautentzündungen – meistens hatte er sie im
Gesicht, an den Händen und Unterarmen – beklemmend und unheimlich. Beklemmend, weil sie so ins
Auge fielen und ich trotzdem nie ein Wort über sie
verlor; unheimlich, weil an ihnen abzulesen war,
daß sein Zustand sich nicht besserte. Wenn ich in
Cambridge war, trat ein System von Arztbesuchen
(vielleicht ging er zu mehreren Ärzten) und Behand-
lungen in Funktion, die Toby parallel zu seinem
Studium absolvierte. Das war jedenfalls der Kreis,
in dem man sich mit den immer neuen Entzündun-
gen auseinandersetzte. Davon wollte ich nichts Ge-
naueres wissen, aus verschiedenen Gründen: Ich
wollte Tobys Würde schützen, ekelte mich vor
Krankheit und hatte Angst, an den Punkt zu kommen, wo Mitleid in Verachtung übergeht.
Ich hatte den Eindruck, daß Toby mich vollkommen durchschaute, sich aber zurückhielt. Vielleicht
war ihm Schweigen auch lieber; dessen war ich mir
jedoch nicht sicher. Aber hatte ich das Recht,
schweigend zuzusehen? Hatte ich nicht eine gewisse
Verantwortung übernommen: aufzupassen, wie er

behandelt wurde? Das Deliktsrecht ist voller Schauergeschichten von guten Samaritern, die dem blutend am Straßenrand liegenden Mann helfen wollen, aber alles nur schlimmer machen und dann auf Schadenersatz verklagt werden. Fiel ich, moralisch gesehen, in diese Kategorie? Am Telefon wiederholte Charlie unentwegt seine beruhigenden Reden: Toby habe den besten Arzt im Land, er, Charlie, spreche jeden Tag mit Toby und jede Woche mit dem Arzt; wenn neue Maßnahmen nötig wären, würde es der Arzt ihm sofort sagen. Was sollte das heißen?

Wir sahen fern. Auf dem Bildschirm Mondgestalten in Euphorie, wild gestikulierend und einander umarmend, manche rittlings auf der Berliner Mauer sitzend. Toby lag wie üblich auf dem Bett, zugedeckt mit einer leichten Decke. Ich hatte mir einen Stuhl dicht neben ihn gerückt. Im Überschwang schlug ich ihm aufs Knie. Vor Schmerz schrie er auf. Als er sah, wie entsetzt ich war, quälte er sich ein Grinsen ab und zeigte mir sein Bein. Es war über und über mit schwarzen Beulen bedeckt, die aussahen wie Blutegel, in Wahrheit aber entzündete, schwarze, nässende Schorfstellen waren.

Ein paar Tage danach kam Charlie wieder, voll von Geschichten über den Frühling der Nationen. Meine Wache war vorüber. In der darauffolgenden Woche rief er mich wieder an. Toby hatte eine Bluttransfusion bekommen mit sofortiger, ans Wunderbare grenzender Wirkung. Ob ich zur Feier des Ereignisses am Thanksgiving-Tag mit ihnen in New York essen wolle? Ich sagte, daß dies unmöglich sei: Ich hätte eine private Feier mit Laura geplant. Wir hatten uns auf eine sehr altmodische Zeit des Umwerbens und des Bedenkens eingelassen und schrieben uns jeden Tag, manchmal sogar noch häufiger. Endlich hatte sie eingewilligt, mich zu heiraten; sie war auf dem Weg nach Cambridge – zu einem sehr langen Besuch in Ritter Blaubarts Burg.

Glück heißt: Lauras Stimme hören. Sie schwatzt mit ihrer Schwester in Florenz, spottet und lacht, und die Unterhaltungen nehmen kein Ende; sie telefonieren, sobald Laura morgens aufwacht, am Ende des Nachmittags dann wieder und außerdem zu jeder Tageszeit, wenn die eine oder andere etwas Komisches zu berichten weiß; sie lachen dabei wie Neunjährige beim Hüpfkästchenspiel. Wenn ich aus der Langdell Hall nach Hause komme, schallt mir schon dieses liebenswürdige Gezwitscher entgegen. Laura singt und summt in der Badewanne, singt, wenn sie eilig, unmittelbar bevor wir ausgehen, noch schnell eine ihrer Seidenjacken bügelt, auf die sie nicht verzichten kann (sie vergräbt gern ihre Hände in den Jackentaschen, ihre Finger sind unglaublich lang, die Finger einer Zauberin, ich kann mich nicht an ihnen sattsehen, und ich bin dankbar, daß sie ganz unberingt sind), singt, während sie mein Auto fährt, als wären wir auf einer *autostrada,* und wenn wir am Ufer des Charles spazierengehen. Ihr Repertoire an Kinderliedern ist unerschöpflich. Sie hält gern meine Hand.

Sie sitzt gemütlich auf dem Fensterbrett in der weißen Wintersonne und liest. Eine schlichte, praktische Brille schwebt auf der Spitze ihrer ausgeprägten Nase. Jetzt, da sie meine Frau wird, darf ich die Brille sehen. Vorher hat sie die Sehschwäche getarnt; immerzu trug sie gefärbte Gläser, wie ein Filmstar. Die Beine – auch sie sind lang und enden in großen, kräftigen Füßen wie bei Mandschu-Frauen, worauf sie sehr stolz ist – hat sie über die Armlehne ihres Sessels drapiert oder lang ausgestreckt, an den Fesseln dezent übereinandergelegt. Der Metzger und der Gemüsemann sind ihre Akolythen. Ich kenne diese Männer seit dreißig Jahren, und plötzlich bin ich Luft für sie. Wenn Laura es will, erscheinen auf wundersame Weise fette graue Würste im *bollito misto*. Sie interessiert sich für meine Studenten; es macht ihr nichts aus, wenn ich sie in letzter Minute zu uns einlade. Sie wirft einfach noch eine Handvoll Pasta zusätzlich in das Wasser, das in einem denkbar schlichten kleinen Blechtopf brodelt – sie hat ihn angeschafft, weil sie meine schweren emaillierten Kochtöpfe übertrieben findet. Sie fragt die Studenten, was sie von Präsident Bush, vom Recht auf Abtreibung und von dem merkwürdigen Fall Jim und Tammy Baker halten. Die Studenten nennen sie Laura, aber ich bin in stillschweigender Übereinkunft weiterhin Professor Strong. Der Heilige Thomas hat gesagt, daß, wenn ein mächtiges Gefühl einen Mann packt, es alle anderen verdrängt. Laura füllt mein Herz, meinen Kopf und mein Leben aus, für niemand sonst ist Raum.

Anfang Januar kommt ein wütender Sturm auf. Ich ziehe hohe Gummistiefel an und gehe zu Fuß zur Law School; bevor ich mich dann zum Mittagessen auf den Heimweg mache, rufe ich sie an. Laura sagt, wir treffen uns auf halbem Weg. Die Brattle Street ist menschenleer. Endlich erscheint ihre hochgewachsene, anmutige Figur als Silhouette im wirbelnden Schneegestöber. Sie nimmt meinen Arm. Trägt keinen Hut. Riesige nasse Schneeflocken hängen ihr im Haar und an den Wimpern. Schnell, wir müssen schnell machen. Überall im Haus gelbe Tulpen und Anemonen in allen Farben, manche in Vasen, die ich noch nie gesehen habe. Verrückt, wunderbar, daß sie in diesem Wetter an Blumen gedacht hat. Es mußte unbedingt sein, antwortet sie – ich wollte, daß du sofort weißt, wie glücklich ich bin. Ich umarme sie. Wangen und Nase sind ganz naß und kalt; sie hat sich nicht abgetrocknet. Wie ich sie so halte, flüstert sie mir ins Ohr, daß ein Wunder geschehen sei. Sie ist schwanger!

Ein paar Tage danach fuhr Laura nach Mailand. Ein Kunsthändler-Kollege wollte ihre Galerie kaufen, und sie hatte es durchaus eilig, ihr Geschäft in Italien aufzulösen. Wie aus einem Traum aufgeschreckt, vernahm ich Charlies Stimme am Telefon.

Er hatte mich spät am Abend zu Hause erreicht. Welche Blutgruppe ich hatte? Ich sah auf meiner Erkennungsmarke nach, die ich in einem Ordner zusammen mit meinen Scharfschützenmedaillen und einem Gruppenfoto meines Zuges aufbewahrte. Ich hatte dieselbe wie Toby. Ja, ich würde am Wochenende nach New York kommen und so viel Blut spenden, wie man das innerhalb von drei Tagen tun darf.

Er lag in einem Schlafzimmer im obersten Stockwerk von Charlies Appartement, in einem Krankenhausbett, die Füße hochgelagert. Ich erkannte die Alpakadecke. Die Wandleuchten und Tischlampen hatten Seidenschirme mit Seidentroddeln. Das Licht war malvenfarben. Er hatte mich unbedingt sehen wollen, ich sollte ihn aber nicht ermüden, er habe keinen guten Tag, und ich dürfe keine Anspielung auf das Bett und auf den Sauerstoffbehälter machen.

Der Tod ist der größte aller Bildhauer. Er hatte aus Tobys Gesicht so viel weggemeißelt, daß nur die Grundform übrigblieb, hatte die Wangen eingekerbt, die Nase verlängert und verfeinert, bis das Gesicht aussah wie eine Gemme aus gelbem und grauem Alabaster. Seine Augen blickten mich aus dunklen Höhlen an, die an die Rundbögen und die Tiefe romanischer Krypten erinnerten; man konnte nicht fassen, daß überhaupt Raum für sie im Schädel war. Aber die Augen selbst leuchteten klar und so freundlich, daß ich dachte, alle Güte in Toby

müsse sich in ihnen gesammelt haben. Als er mich begrüßte, brachte er nur einen Krächzton heraus: die Pflegerin – eine rosige junge Frau, die mir ganz entgangen war, da sie still auf einem Stuhl in der Zimmerecke gesessen hatte – eilte daraufhin zu ihm, richtete ihn auf, bot ihm ein Glas Milch an und strich ihm Vaseline auf die Lippen. Er dankte ihr und sagte, es sei nun viel besser. Tatsächlich, sie hatte es fast geschafft, ihm seine normale Stimme wiederzugeben. Ich erzählte ihm von dem Baby.
Das wird ein Löwe werden, überlegte er, genau wie ich.
Richtig, und wenn es getauft wird, sollst du Pate sein! Vielleicht du und Arthur, wenn er sich darauf einläßt, sich um die religiöse Erziehung des Kindes zu kümmern.
Zwei solche Paten! Aus dem Kind kann nur Schlimmes werden.
Nach einer Weile hielt er mir die Hand hin. Eine sehr langsame Gebärde.
Ich bin froh, daß sie mir dein Blut einfüllen. Charlie hat auch dieselbe Gruppe, das Blut von uns dreien wird sich also mischen. Ein Zeichen ist das, glaube ich. Etwas von euch beiden wird in mir bleiben. Wir sind Blutsbrüder.
Du hast zu viele Mafia-Filme gesehen!
Die Pflegerin hatte zugehört.
So sind wir alle verwandt, sagte sie, nur die Leute nehmen sich nicht die Zeit, darüber nachzudenken.

VI

ICH PARKTE DAS AUTO so dicht es ging an der Schneemauer und stieg aus. Der Kleinlaster, der mich bedrängt hatte, seit ich ins Dorf eingefahren war, hielt auch an, unmittelbar vor mir. Die Schneeketten an den Rädern knirschten gewaltig und warfen Schneematsch in hohem Bogen auf. Der Fahrer kurbelte das Fenster herunter und brüllte. Er hatte dünnes gelbes Haar, eine gelbe Fliegerbrille und eine schmale Nase in seinem für die Einwohner gewisser abgelegener Dörfer der Berkshires ganz typischen, feinen, altmodisch geschnittenen Gesicht. Er brüllte ganz bestimmt Flüche, aber ich konnte sie nicht verstehen und auch nicht begreifen, was ihn so aufgebracht hatte. Ich schüttelte den Kopf in einer Geste des Nichtverstehens und ging auf den Trauerzug zu, der sich an der Kirche vorbei auf dem Pfad bergauf zum alten Friedhof bewegte. Die Tür des Fahrerhauses knallte. Im Nu war der Mann neben mir. In der Hand hielt er einen Axtgriff.

Scheißschwuler, brüllte er, Arschloch, schleichst im Schneckentempo über den Highway, man hätte dich am Arsch in den Straßengraben schieben sollen.

Es tut mir leid, daß ich Sie aufgehalten habe. Mein Wagen ist gerutscht.

Und fügte dann, ohne jeden logischen Zusammenhang, hinzu: Dies ist das Begräbnis eines Freundes.

Geht mir am Arsch vorbei.

Er spuckte einen augapfelgroßen Schleimklumpen in den Schnee, mir genau vor die Füße. Ich überlegte, ob er mich schlagen wollte. Er zeigte mir aber nur den Mittelfinger und lief zurück zur Straße. Ich hörte, wie er die Tür wieder zuknallte, den Motor aufheulen ließ und mit klirrenden Ketten abfuhr.

Der Schnee war die ganze Woche über geschmolzen. Auf der Erde lag noch immer eine dicke Schicht, aber die Grabsteine waren frei, auch die flachliegenden, die unter den Pinien verstreut lagen wie Steine für ein Riesenspielzeug. Ein gelber Traktor mit Schaufel stand neben dem Loch, das sie für Toby gemacht hatten. Ringsherum schüttelten Leute Hände und vermieden jedes Lächeln. Mir schien, sie vermieden auch den Kontakt mit der Frau, die sichtlich Tobys Mutter war. Sie saß im Rollstuhl, hatte Rouge aufgelegt und trug eine schwarze Kappe über dauergewelltem Silberhaar. Eine Wärterin und ein Mann, der wie der Fahrer eines Mietwagens aussah, standen hinter ihr. Sie waren ganz isoliert, um sie herum stand niemand.

Ich ging auf sie zu, stellte mich vor und sagte: Guten Tag. Es tut mir schrecklich leid. Ich hatte Toby sehr gern.

Sie starrte mich an. Dann entspannte sich ihr Gesicht, und sie streckte mir die Hand entgegen. Vielleicht glaubte sie, mich wiedererkannt zu haben.

Ich freue mich sehr, Sie zu sehen. Ist es nicht reizend hier?

Ich fing einen mahnenden Blick der Wärterin auf und zog mich mit einer Verbeugung zurück. Daß man die Mutter zu diesem Anlaß herbringen würde, war mir nicht in den Kopf gekommen, aber wer hätte Charlie einen Fehler vorwerfen wollen, selbst wenn sie, wie Toby behauptet hatte, nichts mehr verstand? Abgesehen davon, war die übliche Besetzung versammelt: repräsentative ältere Herrschaften aus Stockbridge und Lenox; Edwina und Ricky, deren Sonnenbräune so deutlich wie Aufkleber auf Luftgepäck anzeigte, daß sie direkt aus Florida kamen; Gesichter, die ich gewiß bei Charlies Geburtstagsfeier gesehen hatte. In einen schweren zweireihigen schwarzen Überzieher gezwängt, in der linken Hand perlgraue Handschuhe und einen schwarzen Homburg, empfing er, finster neben der Pfarrerin stehend, die Ankömmlinge. Ich wurde fast zerdrückt, als er mich umarmte.

Instinktiv stellten wir uns im Halbkreis mit dem Gesicht zu ihnen auf. Die Wärterin schob den Rollstuhl in die Mitte. Charlie nickte, damit einverstanden.

Ich möchte Ihnen allen danken. Tobys Mutter und ich empfinden es als große Ehre, daß Sie gekommen sind. Bitte, erwarten Sie keine Trauerreden und keinen Empfang. Nach der Beerdigung werden wir uns in alle Winde verstreuen wie gefallene Blätter — schweigend.

Die Pfarrerin las aus einem dünnen, abgegriffenen
Buch vor. Ich war unfähig, mich auf die vertrauten
Worte zu konzentrieren, und betrachtete deshalb
ihre äußere Erscheinung. Welche Bedeutung hatte
die Farbe ihrer Stola? Gehörte sie zum Beerdigungs-
ritual, oder zeigte sie den Rang in der Kirchenhier-
archie an? Unter dem Chorhemd lugte ein brauner
Pelzmantel hervor. Ein Biberpelz, schätzte ich, perfekt dem Klima und der Freiluftzeremonie ange-
messen, genau wie ihre gefütterten weißgelben See-
hundfellstiefel, wie man sie als Fußbekleidung von
Eskimofamilien kennt, die vor ihrem Iglu stehend
fotografiert werden.
Endlich schloß sie ihr Buch. Ein paar Männer mit
Schaufeln traten nach vorn. Charlie hob die Hand,
um sie aufzuhalten, und in diesem Augenblick bemerkte ich einen untersetzten Herrn, der ganz für
sich neben einer Fichte stand, schwarz gekleidet wie
Charlie; um den Hals jedoch hatte er einen langen
Schal gewickelt, wie ihn englische Studenten tragen,
rot, mit einzelnen cremefarbenen Streifen. Er trat
nach vorn, zögerte und begann dann zu singen.
Eine männliche, sehr dunkle Stimme erhob sich,
scholl über den Friedhofsgang und stieg bis in den
leeren Raum über uns auf.
Mir dämmerte, daß dies wohl dieser große italieni-
sche Tenor war — der beste seit Caruso, sagen
manche —, der vor kurzem in eine Nachbarstadt,
South Egremont, gezogen war. Die Musik kannte
ich: Sie stammte aus dem Verdi-Requiem, es war

das große Solo, in dem die zagende Seele um Erlö-
sung fleht.
Ein paar Stunden später schlug ich den Text nach.
Ausnahmsweise war er an der richtigen Stelle, innen in der Hülle der CD. Ich las, und mit dem Lesen

Ingemisco tanquam reus
Culpa rubet vultus meus
Supplicanti parce Deus.

Qui Mariam absolvisti
Et latronem exaudisti
Mihi quoque spem dedisti.

Preces meae non sunt dignae,
Sed tu bonus fac benigne,
Ne perenni cremer igne.

Inter oves locum praesta
Et ab haedis me sequestra
Statuens in parte dextra.

Ich ächze wie ein Verbrecher,
Die Schuld treibt mir die Schamröte ins Gesicht,
Herr, verschone mich, der flehend vor dir kniet.

Du hast Maria freigesprochen
Und den Schächer erhört
Du hast auch mir Hoffnung gegeben.

Mein Gebet ist nicht würdig,
Aber sei mir in deiner Güte gnädig,
Damit ich nicht im ewigen Feuer brennen muß.

Gib mir einen Platz bei den Schafen,
Scheide mich von den Böcken,
Laß mich auf der rechten Seite stehen.

wuchs mein Erstaunen über die Kühnheit – oder
war es Grausamkeit – von Charlies Abschiedsgruß
an Toby; und am Ende wurde aus dem Staunen fast
so etwas wie Ehrfurcht.

Es konnte natürlich sein, daß er die Wahl gar nicht
selbst getroffen hatte, daß der berühmte Star, der
eigentlich viel zu großartig für ein Engagement dieser Art, aber offenbar bereit war, für Charlie eine
Ausnahme zu machen, ihm diese Musik vorgeschlagen hatte, weil sie paßte, die richtige Länge hatte
und im Freien ohne Begleitung vorgetragen werden
konnte, und daß Charlie in seiner Verwirrung und
Trauer einfach zugestimmt hatte, ohne nachzufra-
gen. Aber ich verwarf diese Erklärung. Charlie war
zu bedachtsam in allen zeremoniellen Fragen, zu
pedantisch auch bei scheinbar zufälligen Gesten, als
daß er das Solo nicht Wort für Wort auf seine Bedeutung hin geprüft hätte. Wahrscheinlicher war
wohl, daß er, am Ende schon vor langer Zeit, beschlossen hatte, dieses Bittgebet vielleicht nicht bei
Tobys, sondern bei seiner eigenen Beerdigung singen zu lassen, und daß er den Text so genau kannte,

als sei er ihm ins Fleisch gebrannt. Mehr noch: Wenn der Tenor tatsächlich dieses Solo vorgeschlagen hatte, mußte Charlie die Koinzidenz als Bestätigung ansehen, als übles Zeichen, als obszönes, komplizenhaftes Blinzeln, mußte sie für ein heimliches Einverständnis in einer Angelegenheit erachten, die er lieber für sich behalten hätte. Bezog man diese Worte, so demütig, unterwürfig und – ja – so süßlich sie auch klangen, auf Toby, waren sie dann nicht eine einzige Verhöhnung, ein mitten aufs Herz gerichtetes Messer? Wenn Charlie unbedingt Verdi hören wollte, hätte er gleich einen Bariton Jagos Arie *Credo in un Dio crudel* singen lassen können. Die Botschaft wäre viel deutlicher gewesen, aber für mein Verständnis entschieden weniger pervers und hart.

»Ich ächze wie ein Verbrecher.« Richtig: In seinem kurzen Leben hatte Toby zur Genüge ächzen müssen – als er entdeckte, daß er Männer liebte; als andere seine Neigung erkannten, so daß er manchmal dankbar für die Umnachtung seiner Mutter war, die alles Wissen von ihr fernhielt; wann immer der Akt vollzogen wurde, sei es auf Charlies exquisitem Bett oder an das Urinal gelehnt in Männertoiletten in ganz bestimmten U-Bahn- oder Eisenbahn-Bahnhöfen; und jedesmal, wenn sich eine neue Facette der Krankheit zeigte. »Die Schuld treibt mir die Schamröte ins Gesicht.« Wenn der Augenblick der Lust Tobys Gesicht rötete, so war das die Schamröte aus Schuldbewußtsein, was auch sonst, da ja all die zärtlichen Gesten, die diese Lust geweckt hatten, seit eh und je als Abscheulichkeiten verdammt waren? »Laß mich auf der rechten Seite stehen.« Würde dieser Richter Toby zu den Gerechten setzen? Nein. Nach der ersten Kopulation hatte Er den männlichen Samen in ein Instrument der Verschmutzung verwandelt, so daß dieser Samen nun Sünde und Tod unlösbar verbunden in sich trägt, gleichwie er vergossen wird, und als Geburtsrecht weitergibt an alle, die ihm entstammen. Und Vergebung? Vielleicht für den Schächer, der zugleich mit dem Sohn gekreuzigt wurde. Und jener Sohn – oder war es der Vater –, der es notwendig fand, Maria von ihrer Sünde loszusprechen, die allein darin bestand, daß auch sie aus dem Samen geboren war – jener Sohn sollte Barmherzigkeit mit einem toten kleinen Schwulen haben? Mit Toby, dem Empfangenden, Toby, dem Eindringenden, Toby, dem samengetränkten Fetzen, Toby, dem Bock? Ja, bete zu Ihm. *Fac benigne.* Sei barmherzig! Gib dem cherubinischen Toby, dem Toby, den jeder haben konnte, einen Platz unter den Cherubim! Aber das wird ja wohl nichts. Hätte sich so nicht mein stolzer, sardonischer, sentimentaler Freund Charlie, der sich selbst haßt, äußern müssen, wäre er jetzt bei klarem Verstand?

Und ich, ich dachte an Lauras und mein Kind und an das, was uns erwarten mochte, nickte nur und wünschte, die berühmte Stimme hätte laut geschrien: Wehklagt, ihr unglücklichen Mütter von

Söhnen, die ihr noch gar nicht empfangen habt!
Wehklagt, jammert, schlagt euch gegen die Brüste.
Wehklagt und hütet euch! Der Herr des Bösen
schickt Seuchen, die Lebenden zu martern, und verschont nicht einmal die Ungeborenen!

VII

HUH, WAR DAS KALT im Tal! Glitzernde Eisstalak-
titen, in den Fels eingefressene, vereiste Bäche,
bleigraue Spalten, blinde Spiegel, die nichts reflek-
tieren, in Rahmen aus Bruyère-Holz und Schnee.
Leichtfüßig war ich gelaufen, in großen Sätzen von
Fels zu Fels, über Baumstämme gesprungen. Riesige
Eichenäste gaben unter mir nach. Aus der gefrore-
nen Erde riß ich Setzlinge mitsamt den Wurzeln wie
Grasbüschel aus und schleuderte sie hinunter auf
den schmierigen Talboden. Und immer schrie ich:
Huh! Und auf einmal erlosch der Tag. Hekate kam
aus der Nacht herauf, noch schwärzer als die
Nacht, majestätisch. Auf der linken Schulter trug
sie einen Mond – totenbleich. Ich grüßte sie, fiel auf
die Knie und kroch vor ihr. Ich tastete nach der
Stelle, wo die Steine die schärfsten Kanten hatten;
ich wollte die Stirn dagegenschlagen. Ich zerkratzte
mir Gesicht und Lippen, und endlich: Ich blutete.
Ich leckte das Blut auf und schluckte es, wie ich ihn
geschluckt hatte. Gelbe Krusten, Schorf, der Geschmack von Eiter. Ihr Mond grinste mich scheel
an. Ich sprang auf zur Verfolgung. Als ich über den
höchsten Fichten stand, wo die Wiese sich wie ein
Leichentuch bis gegen den ersten Stern hinzog, sah
ich, daß ich allein war. Ein eisiger Boreas. Huh, war
das kalt! Nackt bis zum Gürtel, putzte ich mir die

Handflächen mit schimmerndem Schnee, den ich
aus einer tiefen Mulde hob, rieb mir Augen, Gesicht
und Brust damit. Dann erst schaufelte ich mit den
Händen frischen Schnee, tauchte die Lippen hinein
und löschte endlich den furchtbaren Durst.
Durch Schneewehen stieg ich abwärts – stark wie
ein Bulle, geduldig wie ein Ochse. Fabelhafte Stern-
bilder sahen mir von ihren Galerien aus zu, sie
beugten sich gefährlich weit hinab und wunderten
sich. Dann, wieder die Baumgrenze. Dort schlief ich
kurz und tief, wie von einem Gott berührt, und war
danach ganz vom Fieber befreit. Kyrie eleison! Ich
hob die Stimme zum Dankgebet.
Charlie verstummte. Er trug noch Schwarz; offenbar war er seit der Beerdigung nicht aus den Klei-
dern gekommen. Die schwarzen Schuhe, die er der
Glut in meinem Kamin entgegenstreckte, waren
schlammverkrustet. Seine Augen blutunterlaufen.
Ich hatte eine Flasche Bourbon und den Eiskübel
auf den niedrigen Tisch neben seinen Sessel gestellt.
Er füllte sich sein Glas nach und schlief ganz ruhig
ein – mit offenem Mund. Ein paar Minuten danach
wachte er wieder auf. Er hatte vermutlich den ganzen Abend schon getrunken, längst bevor er ganz
unerwartet an meiner Wohnzimmertür aufgetaucht
war.
Bitte, sei so nett und tu was gegen dies Kümmer-
feuerchen.
Der Gärtnergehilfe hatte die Äste, die beim letzten
Sturm abgebrochen waren, in handliche Scheite zer-

sägt. Daneben lagen die überalterten Weinstöcke aufgestapelt, die er gerodet hatte. Ich überwand meine tiefsitzende Angst vor einem Kaminbrand und schichtete Holz bis obenhin in die Feuerstelle. Die Flamme schoß hoch wie eine Woge. Ich ging in die Küche, fand ein paar harte Kekse und Käse und stellte das Essen neben die Flasche.

Er aß konzentriert, feuchtete Zeige- und Mittelfinger an und tupfte die Krümel vom Teller. Zeit verstrich, wir schwiegen. Er schüttete den Rest Bourbon in sein Glas und reichte mir die leere Flasche.

Hast du noch mehr davon? Wenn nicht, Scotch tut's auch.

Ich wanderte wieder in die Küche.

Gut. Jetzt wirf ein paar ordentliche Klötze ins Feuer und setz dich hin. So, das wird reichen. Trink was. Feiere mit mir. Ich habe es getan, den Sprung gewagt, alles vorbei jetzt.

Er goß mir Whiskey ein, gab Eis dazu, füllte sein Glas nach und starrte vor sich hin, bis ich fand, jetzt endlich reden zu müssen. Alles schien so schrecklich klar zu sein, und ich wollte ihm an Offenheit nicht nachstehen. Deshalb sagte ich zu ihm: Du meinst, du hast ihm dabei geholfen, sich das Leben zu nehmen? Furchtbar, daß du das tun mußtest, aber es war bestimmt das Richtige.

Charlie lachte.

Selbstmord? Ganz und gar nicht. Toby hatte nicht die Absicht, sich umzubringen. Er wollte am Ball bleiben. Hat er selbst gesagt! Hat er auch gewollt.

Er war wütend, weil ich ihn hierhergebracht habe,
und hörte nicht auf zu jammern, bis ich ihm versprach, ihn am nächsten Tag wieder zu einer neuen
Transfusion in die Stadt zu fahren. Das haben wir
natürlich nicht geschafft. Er ist am Abend gestorben. Ich mußte für ihn sogar noch die Pflegerinnen
anrufen und ihnen sagen, sie brauchten sich nicht
die Mühe zu machen, zu uns herauszukommen. Ja,
deshalb war er allein.

Du und Toby, ihr habt diesen Punkt wohl nie be-
sprochen, fuhr er fort, daher weißt du auch nicht,
wie entschieden er empfand, daß es beim Sterben
immer der Reihe nach zu gehen, daß man den Älteren den Vortritt zu lassen hätte. *Après vous, Ma-
man, après vous, Charlie.* Für meinen Geschmack
wäre es unter solchen Umständen eleganter, wenn
Alphonse sagte: *Surtout, avant vous, Gaston!* Dagegen spricht nur ein einziges Argument – und das
trifft auf mich nicht zu, weil ich nicht zum Pfleger
tauge –, das Argument, daß Alphonse bleiben will,
um Gaston pflegen, waschen, begraben und die
Rechnungen für ihn bezahlen zu können. Subtilitä-
ten dieser Art waren nichts für Toby. Er wußte nur,
daß er im Sterben lag, und andere nicht. Daß seine
Mutter den Verstand verloren hatte, ließ er als mil-
dernden Umstand gelten, als Teilentschuldigung für
ihre gute Gesundheit, aber daß ich verschont geblieben war – wieder seine Worte –, das war sehr hart
für ihn. Verschont wovon? fragte ich ihn. Von deiner besonderen Krankheit? Du weißt doch gar

nicht, wie ich sterben werde, und warum willst du dabei sein, was erfahren? Glaub mir, sagte ich ihm, es ist alles ganz zufällig, wer zuerst geht und wie und warum, und vollkommen nebensächlich. Denk an den Kindermord von Bethlehem. Macht es etwas aus, wenn es keine Beweise dafür gibt, daß viele Mütter sich in die römischen Schwerter stürzten oder vor Kummer den Verstand verloren? Macht es etwas aus, daß Mütter und Väter, die dem Hinmetzeln ihrer Kinder hatten zusehen müssen, gleich danach alles versuchten, in Auschwitz oder Bergen-Belsen oder den anderen Höllen zu überleben, und tatsächlich überlebten und nach dem Krieg neue versaute Familien gründeten, so wie jedermann? Meine Güte! In Äthiopien herrscht Hungersnot — oder nimm ein anderes afrikanisches Land. Auf einem Bild trägt eine Mutter ein ausgedörrtes Kind, auf einem anderen kannst du einen Ballon auf spindeldürren Beinchen sehen, der im Sand spielt, derweil Mama und Papa daneben von den Geiern gefressen werden. Sind die Lebenden besser dran als die Toten? Nur die Toten bleiben verschont, Toby, habe ich ihm gesagt. Hast du schon mal was von Sphärenmusik gehört? Sie ist das gesammelte Schmerzensgeheul, das aus allen Winkeln der Erde aufsteigt. Wie eine Kloschüssel, die schon überfließt, und irgendein Idiot hört nicht auf, die Spülung zu bedienen. Aber ich habe gegen eine Wand geredet.
Ohne Vorankündigung schlief er erneut ein. Diesmal schnarchte er sehr laut.

Aha, ein gutes Zeichen. Ich habe mich selbst schnarchen hören. Toby hat immer behauptet, er könnte mich schon unten in der Diele hören. Niemand soll sagen, daß Charlie Swan den Schlaf gemordet hat!

Den Kaffee, den ich ihm anbot, lehnte er ab.

Charlie, sagte ich, hast du mir zu erklären versucht, daß du Toby umgebracht hast? Wenn das so ist, erzähl's, streich's aus deinem Kopf und sprich nie wieder davon – ich meine, mit niemandem sonst. Er war doch praktisch schon tot. Du hast nur getan, worum er dich hätte bitten sollen.

Keine voreiligen Schlüsse, alter Freund. Ich brauche keinen Anwalt, diesmal nicht. Toby starb eines natürlichen Todes, wie man so sagt, und wenn ich keinen Unfall habe, wird es bei mir genauso sein, damit ich meinen Teil der Abmachung einhalte. Aber wenn du möchtest, breite ich jetzt eine Geschichte vor dir aus, und zwar nur für dich. Stell dir mein Haus vor. Es ist Nachmittag. Wintersonnenlicht, ein Kaminfeuer, Iris- und Tulpensträuße, die ich zusammengestellt habe. Ich habe Toby Mittagessen gegeben. Pudding aus New York, Schokoladenmilch und Pillen. Pillen überall – eine erstaunliche Menge –, in Schälchen geschickt verteilt auf dem Nachttisch meiner Mutter, den ich ihm ins Zimmer gestellt habe. Aber ein Nachttisch ist nicht genug. Der Rest der Apotheke, eine Junkie-Mitgift aus Sedativa und Kräftigungsmitteln, ist auf einem Tablett versammelt, das ich auf Böcke gestellt habe.

Dort hat er auch seine armseligen Schätze aufgebaut: Fotos, in Beirut am Strand aufgenommen, an Weihnachten, denke ich; sie stecken in einer abgegriffenen, ausgeblichenen Reisebrieftasche, die seinem Vater gehörte; das Osterei mit der Uhr darin, das ich ihm nach unserer ersten gemeinsamen Nacht schenkte; sein Adreßbuch aus losen Blättern, das mit einem Gummiband umwickelt ist und vollgestopft mit Visitenkarten und Zetteln, die zerknittert wie Seidenpapier waren. Darauf ist das Universum eines obdachlosen Kindes verzeichnet. Herzzerbrechend. Was besitzt er sonst? Das Bett, das ich ihm überlasse? Seine Kleider? Pillen, steriles Verbandszeug?

Ich räume das Geschirr weg und gehe wieder zu ihm. Er liegt auf dem Bett, mit Kissen im Rücken, unter der Alpaka- oder Mohairdecke. Mir fällt ein, daß ich sie in die Reinigung bringen muß. Ein Gesicht wie der Kopf eines toten Schafs. Ich habe ihm einen Pyjama aus ganz weichem Stoff besorgt, damit er es warm hat – und sich nicht an den Beinen kratzt. Aber er trägt den mit Kranichen bestickten antiken Frauenkimono, den ich ihm aus Hongkong mitgebracht habe. Versucht er noch einmal, kokett zu sein? Oder fühlt sich die Seide angenehmer auf der Haut an? Die Wirkung ist jedenfalls grotesk. Kraniche sind ein Symbol für langes Leben. Ich weiß nicht, wie lange ich das noch ertragen kann; ich setze mich zu ihm.

Weißt du, ich kann alleine nach New York zur

Transfusion fahren, sagt er. Mr. Babinski bringt mich im Wagen hin, und wenn ich erst in der Stadt bin, ist es ganz einfach. Ich rufe dich an, wenn es Probleme gibt.

Mir schießen die Tränen in die Augen, ich wende mich schnell ab, damit er mein Gesicht nicht sieht.

In diesen wenigen Worten ist alles enthalten: sein verzweifelter Wille, weiterzumachen – wozu? Die Angst, zu mißfallen. Mir zu mißfallen. Als ob es darauf noch ankäme. Ich sage mir, daß alles, was ich von der *conditio humana* weiß oder zu wissen glaube, alles, was ich ihm so ausführlich erklärt habe – eigentlich nur, damit er genug von seinen gottverdammten Pillen schluckt und mich in Ruhe läßt –, ihm nicht das mindeste nützt. Brüderlichkeit ist das, was er braucht, nicht Gleichheit. Ein Leprakranker fühlt sich nur seinen Leidensgenossen brüderlich verbunden, nicht dem netten Arzt aus der Bronx, der sich in den Sommerferien um ihn kümmert. Es gibt keine Brüderlichkeit zwischen dem Mann, dem irgendein indischer Polizist die Augen ausgebrannt hat, und den Damen und Herren von der Amnesty. Seine Brüder sind die Mitgefangenen im selben Polizeirevier, im selben Gefängnis, in derselben Zelle, denen man denselben Pflanzensaft unter die Lider geträufelt hat.

Also drehe ich mich in meinem Stuhl wieder Toby zu, lächle und versichere ihm, daß es mir ganz gut paßt, ein paar Tage in New York zu sein. Ich bitte ihn, mich einen Moment zu entschuldigen, ich käme sofort wieder.

Auf meine Zähne bin ich immer stolz gewesen. Falls du es noch nicht bemerkt hast, schau sie dir an: Sie sind weiß und makellos, wie überkront, aber tatsächlich ganz und gar meine eigenen. Mein Zahnfleisch hat nur ein einziges Mal geblutet, als ich im Boxring einen Schlag auf den Mund bekommen habe. Im Badezimmer nehme ich eine Nagelfeile aus Metall und schneide mir damit wild ins Zahnfleisch. Kreuz und quer. Dann dasselbe mit den Innenseiten der Wangen. Dann gehe ich zu ihm hin. Er schlummert leicht. Ich knie an seinem Bett nieder, schiebe die Hand unter seine alte Decke. Ich streichle ihn, zuerst an den Knöcheln, dann bewege ich die Hand vorsichtig weiter nach oben, taste dabei nach Krusten, um die wunden Stellen nicht zu berühren. Eine Weile tut er so, als hätte ich ihn nicht geweckt. Dann strahlt er, die Augen weit geöffnet. Ich höre seinen Atem. Er meint, ich will ihn, er dreht sich zu mir, sein Schenkel kommt meiner Hand entgegen. Er ist so geschwächt, ich weiß nicht, was zu erwarten ist, aber er schafft es, er ist bereit. Also erhebe ich mich von den Knien, umfasse seine Hüften, beuge mich nieder und nehme ihn. Sein Bauch, sein Hintern stoßen gegen meine Hände. Einen Augenblick danach ist es geschehen – besiegelt! Ich verweile noch, wie ein Bräutigam, und lasse ihn nur langsam, widerstrebend los. Seine Finger sind in meinem Haar, spielen mit meinen

Ohren. Als er dann wieder ruhig ist, zeige ich ihm die Innenseite meines Mundes. Am Geschmack merke ich, daß sie noch immer blutet. Ich sehe ihm in die Augen. Ob es nützt oder nicht, jedenfalls weiß er jetzt, daß es mir genauso gehen wird wie ihm.

Dann lege ich mich neben ihn. Er hat mir den Rükken zugedreht, die alte Löffelstellung, die Trost und Frieden bringt, wie jeder weiß. Nur daß ich auf einmal keinen Trost will. Ich falle über ihn her. Wie ein Rammbock. Und ohne die Hosen herunterzulassen. Und die ganze Zeit heult der Junge vor Schmerz.

Das dringende Bedürfnis, mein Äußeres wieder herzurichten. Auch er hat sich beruhigt und ist mir wieder dankbar. Ich gebe ihm ein Sedativum und zeige ihm, wo es mehr von dem Medikament gibt, falls er es braucht. Dann sage ich: Das Licht in deinem Zimmer lasse ich brennen. Ich muß jetzt Bewegung haben, ich mache einen langen Spaziergang. Bis ich wiederkomme, kann dir nichts passieren.

Und ich stürze los – zu dem vereisten Tälchen. Stunden später schleiche ich wie ein Einbrecher zum Haus. Lasse das Auto an der Straße, gehe leise, leise die Einfahrt entlang, am Rand, damit der Kies nicht knirscht. Das Licht in seinem Zimmer ist noch an.

Er spülte sich den Mund mit Bourbon und blinzelte mir zu. Ich lächelte so einigermaßen zurück. Ein paar Minuten vergingen. Ich hörte ein Geräusch im oberen Stockwerk – es konnte ein unterdrückter Schrei sein – und rannte die Treppe hinauf. Die Schlafzimmertür war offen. Im Lichtschein, der vom Korridor durch die Tür fiel, sah ich Lauras Gesicht. Sie schlief ganz ruhig. Ich lehnte den Kopf gegen den Türrahmen und wartete, bis mein Herz nicht mehr so heftig schlug. Sie hatte zwei Tage zuvor, als sie aus Mailand wiederkam, viel Blut verloren, aber der Arzt hoffte noch, daß sie das Kind behalten könnte.

Als ich wieder nach unten kam, war das Zimmer leer. Im Kamin verglommen Kohlen. Auf dem Tisch stand nur noch ein Glas – meines. Charlie war verschwunden.

Ich habe Charlie nie gefragt, warum er bei der Beerdigung diese Frau die Gebete an Tobys Grab hatte sprechen lassen, auch nicht, warum er das Solo aus Verdis *Dies Irae* ausgesucht hatte. Was mich davon abhielt, war wohl Scheu – aus Achtung. Aber als ich lange danach, unter einem anderen Himmel, wieder einmal darüber nachdachte, fiel mir ein, daß Charlie am Ende über meinen Ärger, hätte ich ihm davon erzählt, nur gelacht hätte. Er hatte inzwischen wirklich das Aussehen eines gealterten Mars angenommen. Ich konnte ihn mir genau vorstellen, wie er sein Römerhaupt zurückwarf und mir antworten mochte: Hör mal, Junge, ich sehe mir die Decke der Sixtinischen Kapelle doch nicht an, um

Paläonthologie zu studieren; ich habe nicht mit Beten aufgehört, weil Gebete nicht erhört werden; Heterosexuelle hören ja auch nicht auf mit Vögeln, weil Kinder zum Leiden und Sterben geboren werden. Und den Italiener habe ich engagiert, das *Requiem* zu singen, weil die Musik so wunderschön ist.